齋藤孝の天才伝 5

夏目漱石

人生を愉快に生きるための「悩み力」

大和書房

夏目漱石
天才の理由

夏目漱石

Soseki Natsume

（*1867—1916*）
（慶応*3*年—大正*5*年）

現在の東京都新宿区生まれ。本名は金之助。
東京帝国大学卒。教員生活を経て小説家となる。
『吾輩は猫である』でデビューし、一躍名声を博した。
『坊っちゃん』『三四郎』『こころ』など多数の名作は、
海外でも翻訳され、現代人の感性をとらえ続けている。
日本文学史上最高の小説家のひとり。

天才の理由 その1

不機嫌なのに最高のユーモア小説を書く 日本人の代表的な悩みに取り組んでくれた大先達《だいせんだつ》

日本人にとっての近代的自己とは？　恋とは？　死生観とは？　近代日本人にとっての共通テーマを漱石はとことん悩んでくれました。悩みながらユーモア小説『坊《ぼ》っちゃん』を書き、ネガティブパワーを愉快《ゆかい》に反転させるという生き方も見せてくれたのです。

天才の理由 その2

漢学から英文学、落語までをミックス

現代日本語の骨格を作った最初の国民作家

漱石は近現代の日本語の文体のベースを作り上げました。漢学という言葉の柱を持ち、当時最先端の英文学を学び、大好きな落語の要素を織り交ぜた文体で、今でも楽しめ、学べる多くの小説を残したのです。

天才の理由 その3

才能を見いだす眼力

日本を支える人材を育てたいという高い教育欲

漱石は教師という仕事が好きではなかったと自分で言っていますが、自宅を開放し、若者の才能を伸ばす場所を提供し続けました。家庭に負担をかけても、そこまでやる根底《こんてい》には、日本の屋台骨《やたいぼね》を支える人材を育てねば、という高い志《こころざし》があったのです。

7　夏目漱石　天才の理由

日本を代表する文豪は、なぜ「天才」なのか？
独自の視点で鋭く切る！

齋藤孝の
天才伝

第1章

近代日本最高の知識人
これが漱石の世界だ！

夏目漱石の世界

傑作・名作の数々

『吾輩は猫である』（1905-06）
『坊っちゃん』（06・明治39）
『草枕』（06）
『虞美人草』（07）
『坑夫』（08）
『三四郎』（08）
『それから』（09）
『門』（10）
『彼岸過迄』（12）
『行人』（12）
『こころ』（14）
『道草』（15）
『明暗』（16）
ほか多数

漱石山房

家庭人として

妻：鏡子
子：2男5女

カンシャク持ちなので、
ときには妻子に厳しいことも

趣味・好み

俳諧：正岡子規との友情

謡曲、美術
スポーツ（器械体操、弓道など）
甘党、下戸（お酒は飲めません）
数学、物理
かつては建築志望でした

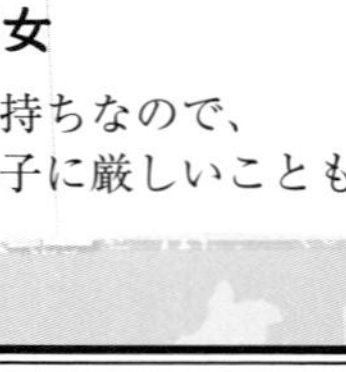
正岡子規

漱石山脈

各方面で活躍する才能を育てる

小宮豊隆（評論家）
和辻哲郎（哲学者）
高浜虚子（俳人）
寺田寅彦（エッセイスト）

森田草平、鈴木三重吉、中勘助、
野上弥生子、内田百閒、
芥川龍之介、久米正雄、
武者小路実篤、志賀直哉……

学者・表現者として

英国留学(1900-03)

『文学評論』(09)
『社会と自分』(13)

影響を受けた表現
シェークスピア
スウィフト（『ガリバー旅行記』）
カーライル（英国の歴史家）
ディッケンズ（英国の作家）
ライプニッツ（ドイツの哲学者）
ドストエフスキー（ロシアの作家）など

漢学
落語
江戸

則《そく》天《てん》去《きょ》私《し》
自分を捨てた無の境地

自《じ》己《こ》本《ほん》位《い》
模倣ではない独創性の源泉

～カルテ～

本名：夏目金之助
本籍：江戸→北海道→東京
身長：約160cm
持病：胃潰瘍、痔、神経衰弱、鬱　ほか多数

教師として

26歳 東京高等師範学校　年俸450円
→ **28歳** 愛媛県尋常中学校　月給80円
→ **29歳** 熊本第五高等学校　月給100円
《小泉八雲の後任》
→ **36歳** 第一高等学校、東京帝国大学　総年俸1860円
《帝大でも小泉八雲の後任》

コンプレックス

コンプレックスをパワーに変えた少年時代

悩み抜いて身につけた創造力

夏目漱石は江戸時代の末年に生まれました。本名は金之助。生まれた日時から将来大泥棒になるという迷信が信じられたため、金《かね》の付く名が好ましかったのです。でも少年時代、数かずの逆境《ぎゃっきょう》にありました。

実家は高田馬場一帯を管轄《かんかつ》にしていた町役人でしたが、遅くにできた子どもだったので、すぐに貧しい古道具屋へ里子《さとご》に出されます。当時は、子どもを人の家に預けて育ててもらう里子も珍しくなかったのですが、幼い金之助少年には家を出されたことが大変なショックでした。

「私はその道具屋の我楽多《がらくた》と一所《いっしょ》に、小さい笊《ざる》の中に入れられて、**毎晩四谷《よつや》の大通りの夜店に曝《さら》されていた**のである。」（『硝子戸の中』／岩波文庫）

しばらくして実家に戻ったものの、今度は養子にもらわれていきます。ところが養父が離婚し、ふたたび夏目家に帰ります。もっとも姓が養家の塩原から夏目に戻るには、二一歳まで待たなければなりませんでした。三歳のころには疱瘡《とうそう》[*1]にかかり、顔中をアザだらけにしています。こうした一連のことは、生涯、漱石のコンプレックスになりました。

とはいえ、これらは、漱石自身の力ではどうしようもない家庭環境や病気のせいです。しかし「信用がなければ、世の中へ立った処《ところ》で何事も出来ないから、先《ま》ず人の信用を得なければならない。信用を得るには何《ど》うしても勉強する必要がある」（「落第」／『漱石全集』第三十四巻／岩波書店）と、**コンプレックスを自分の身に引き受けて、それを生きる力に変えていった**のです。

日本最高のユーモア小説『坊《ぼ》っちゃん』に漱石自身の体験が反映されているのは有名ですが、自伝的作品『道草』にも、出世した主人公が、実の親や養父からも生活費を要求されるくだりが出てきます。

漱石は自分のさまざまな経験を、愉快なものから、青春もの、恋愛もの、深刻なものまで、小説に生かしました。その根底には、**人間存在の奥深くまで考える、悩みの達人・漱石の姿がある**のです。

---

*1　疱瘡
高熱を発する伝染病で、治癒後も顔がかゆくなり、あとが残る。現在は絶滅した。

文豪誕生

親友と出会い、別れた青春時代
近代文学を完成させた文豪《ぶんごう》

帝国大学文科大学英文科[*2]を卒業し、英文学では日本で二人目の学士となった漱石は、東京高等師範《しはん》学校、愛媛県尋常《じんじょう》中学校（松山中学）の英語教師を歴任《れきにん》します。続く第五高等学校[*3]での熊本暮らしのあいだに、文部省から英国へ二年の官費《かんぴ》留学を命じられました。

このイギリス留学は、漱石の一生にとって大きな転機となりました。というのも、**「そもそも文学とは何なのか？」**という本質的な疑問にぶちあたり、ついには「夏目が発狂した」と日本へ伝えられたほど深刻なノイローゼにかかったからです。そんな生活に追い打ちをかけたのが、無二の親友・正岡子規[*4]の死でした。

漱石と子規の交流は、二人が二二歳の頃にさかのぼります。趣味の寄《よ》席《せ》がきっかけで意気投合し、進路や恋などをあけすけに語り合う気の置

＊2 **帝国大学文科大学英文学科** 後の東京大学文学部英文学科。

＊3 **第五高等学校** このとき漱石は、小泉八雲（ラフカディオ・ハーン）の後任として着任した。英国からの帰国後、東京帝大に職を得たときも、くしくも八雲の後任だった。

＊4 **正岡子規**（まさおか・しき） 明治～大正期の俳人、歌人。「写生文」を唱え、俳句や短歌の革新運動によって日本文学に大きな影響を与える。句誌「ホトトギス」を創刊し、高浜虚子ら後進の育成にも力を尽くした。

けない仲となりました。子規は漱石を「談心《だんしん》の友」と呼びかけ（『筆まかせ』／岩波文庫）、漱石も「朋友《ほうゆう》」と記しています（『漱石書簡集』／岩波文庫）。

子規は大学を中退して、俳句の革新運動に没頭《ぼっとう》し始めました。結核[*5]に冒《おか》されていた身体で日清戦争に従軍し、病状を悪化させてすぐに帰国します。子規の故郷・松山で教鞭《きょうべん》を執《と》っていた漱石の下宿で、二人は二カ月弱のあいだ生活をともにしながら、漱石は俳句を学んだのでした。

やがて脊椎《せきつい》カリエス[*6]を病んで身動きがとれなくなった子規は、句誌「ホトトギス[*7]」を創刊します。そこにロンドンから届いた漱石の手紙を『倫敦《ロンドン》消息《しょうそく》』と題して掲載するほど、**親友の海外体験を喜んでいた**のです。

死期を自覚した子規は、ロンドンの漱石に最後の手紙を書きます。

「僕ハモーダメニナッテシマッタ、毎日訳《ワケ》モナク号泣シテイルヨウナ次第ダ、（中略）僕ハトテモ君ニ再会スルコトハ出来ヌト思ウ」（『漱石・子規往復書簡集』和田茂樹編／岩波文庫）

子規の死を知った漱石は、次のような句で彼を悼《いた》みました。

「筒袖《つつそで》や秋の柩《ひつぎ》にしたがはず」

＊5　**結核**
現在では少なくなった伝染病だが、この当時は死の病気だった。

＊6　**脊椎カリエス**
脊椎の結核で、膿が蓄積して痛みや麻痺をともなう。子規はそのために長く病床を離れられなくなった。

＊7　**「ホトトギス」**
一八九七年に子規が創刊した句誌。翌年、高浜虚子の編集となる。その後の文学史に大きな影響を与え、一〇〇年以上経った現在も刊行されている。

「手《た》向くべき線香もなくて暮の秋」（同書）

後に書いた「子規の画」という短文は、漱石の子規に対する愛情あふれた名文です。二人の絆《きずな》は、志を育てあうクリエイティブなものでした。親友の死に目にも立ち会えず、漱石は後に「尤《もっと》も不愉快の二年なり」と回想したイギリス留学を終えて帰国します。

東京帝国大学などでポストを得た彼が、ますます昂《こう》じる神経衰弱を鎮《しず》めるために書いたのが『吾輩《わがはい》は猫である』*8でした。この作品は、子規が主宰《しゅさい》した「ホトトギス」に掲載されます。以後の漱石は、文字通り血を吐きながら小説を書きまくり、**日本の近代文学を完成の域にまで高めていったのです。**

臨死体験もなんのその
現代社会のルーツを描いた作家

*8 **『吾輩は猫である』** 一九〇五年発表、高浜虚子の依頼で書かれた漱石はじめての小説。翌年にかけて大倉書店、服部書店から三分冊で刊行された。

漱石は小説家としては、今から約一〇〇年前にわずか一〇年ほど活躍したにすぎません。でも**「文豪《ぶんごう》」といえば、即座に「夏目漱石」を連想するほど根強い人気があります。**一九八四年から二〇〇四年までの二〇年間は千円札紙幣《しへい》の肖像にもなっていました。

じつは彼は、日本の作家としてはじめて自分の臨死《りんし》体験をエッセイに書いた人でもあります。四三歳の漱石は、悪化した胃潰瘍《いかいよう》の療養のために伊豆修善寺《しゅぜんじ》に滞在していたとき、盥《たらい》一杯分もの血を吐いて意識を失い、三〇分間心臓が停止しました。いわゆる「修善寺の大患」といわれる事件です。

「余（私）は一度死んだ。そうして死んだ事実を、平生からの想像通りに経験した。果して時間と空間を超越した」（『思い出す事など』／岩波文庫）

漱石がすごいのはここからです。甦《よみがえ》った彼は、四九歳で亡くなるまでの六年あまりに、後期三部作『彼岸過迄』[*9]『行人』[*10]『こころ』[*11]、はじめての自伝的作品『道草』[*12]、彼の死によって未完のまま終わった『明暗』[*13]など、

＊9『彼岸過迄』
漱石の長編小説。一九一二年九月、春陽堂刊。

＊10『行人』
一九一四年一月、大倉書店刊。

＊11『こころ』
一九一四年九月、岩波書店より漱石の自費出版の形で刊行された。

＊12『道草』
一九一五年一〇月、岩波書店刊。

＊13『明暗』
単行本は漱石没後の一九一七年一月、岩波書店より刊行された。

それまで以上に充実した傑作を書きあげたのです。これらの作品は、ヨチヨチ歩きだった**日本の近代文学を完成させた**といえます。

小説家として自立してからの夏目漱石には、ほかの多くの文豪のように私生活上のスキャンダルや派手なふるまい、戦地体験や自殺といったエピソードがほとんどありません。しかし、漱石山房[*14]と呼ばれる自宅で机に向かいながら、明治維新以降の近代化する世の中で、文明や人間がどのように変化していったのか、その中で日本人が何に悩みどう生きようとしたのかを、小説のかたちで読者に発信し続けたのです。

漱石の小説を読んでいると、よく現代人の私たちにそっくりな考え方の登場人物に出くわすことがあります。それは漱石の小説の中に、**現代社会の基盤や現代人のルーツが描き込まれている**からです。だからこそ彼の小説は、一〇〇年たった今もなお色あせることのないスタンダードとして、不滅の輝きを放っているんですね。

さっそく次章では、本格的な作家活動を始めた漱石を中心に、その天才ぶりを検証しましょう。

＊14 **漱石山房**
漱石の門人や知人が集った漱石邸の別称。

第2章

齋藤孝が読み解く

漱石の秘密

0歳

慶応3
1867

夏目漱石誕生。

二月九日（旧暦一月五日）、父・夏目小兵衛直克、母・ちゑの末子として、現在の新宿区喜久井町に生まれる。本名・金之助。古道具屋に里子に出される。翌年、塩原昌之助の養子になる。

「私はその道具屋の我楽多《がらくた》と一所《いっしょ》に、小さい笊《ざる》の中に入れられて、毎晩四谷《よつや》の大通りの夜店に曝《さら》されていたのである。」（『硝子戸の中』）

17歳

1884

大学予備門予科入学。同級生の中村是公（のちに満鉄総裁）、芳賀矢一（国文学者）、平岡定太郎（内務官僚、三島由紀夫の祖父）たちと交友を深める。

22歳

明治22
1889

正岡子規との交際がはじまる。

「正岡という男は一向学校へ出なかった男だ。」（「正岡子規」／『漱石全集』／第三十四巻／岩波書店）

翌年、帝国大学文科大学英文科に入学。

25歳

1892

徴兵を避けるため、分家届けを出して北海道へ送籍《そうせき》。東京へ籍を戻すのは、晩年、一九一三年のことだった。

天才漱石とその時代

1868 明治に改元

1881 国会開設の詔勅

1889 大日本帝国憲法発布

1890 教育勅語発布

1894 日清戦争勃発

28歳

1895

愛媛県尋常中学校（松山中学）教諭に就任。ここでの体験が名作『坊っちゃん』になる。

29歳

明治29
1896

中根鏡子と結婚する。

熊本の第五高等学校講師に就任。熊本の借家で鏡子と結婚式を挙げる。

「俺は学者で勉強しなければならないのだから、おまえなんかにかまってはいられない。」（『漱石の思い出』夏目鏡子述・松岡譲筆録／文春文庫）

33歳

明治33
1900

ロンドンへ留学する。

英語研究のため、二年間の英国留学を命じられる。のちに神経衰弱が進んで、発狂の噂が日本に伝えられた。

「尤《もっと》も不愉快の二年なり」（『文学論』／『漱石全集』第九巻／岩波書店）

36歳

1903

帰国。第一高等学校講師、東京帝大英文学科講師に就任。

1895

独仏露による三国干渉

1899

治外法権撤廃

1902

日英同盟協約調印

38歳

1905

「ホトトギス」に連載中の『吾輩は猫である』上編が刊行され、好評を得る。

40歳

明治40
1907

朝日新聞社に入社。教職を辞して職業作家となる。

以降、『虞美人草』『坑夫』『三四郎』『それから』『門』『彼岸過迄』『行人』『こころ』『道草』『明暗』（絶筆）などの代表作を連載する。

「新聞が商売である如く大学も商売である。新聞が下卑《げび》た商売であれば大学も下卑た商売である。只《ただ》、個人として営業しているのと、御上《おかみ》で御営業になるのとの差だけである。」（「入社の辞」／『漱石全集』第二十一巻／岩波書店）

40歳

1907

総理大臣・西園寺公望《さいおんじきんもち》から文士を招待する雨声会《うせいかい》に誘われるが、**「時鳥《ほととぎす》厠《かわや》半《なか》ばに出かねたり」**の一句を返して断る。

42歳

1909

旧友・中村是公に誘われ、満州（中国東北部）、朝鮮半島を旅行する。

1904 日露戦争勃発

1906 南満州鉄道株式会社（満鉄）設立

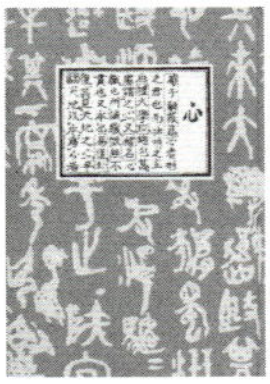

代表作『こころ』（一九一四）表紙。漱石が自分で装丁した。

1909 伊藤博文、ハルピンで暗殺

43歳

明治43
1910

修禅寺大患《しゅぜんじたいかん》、生死のあいだをさまよう。

胃潰瘍を患い、伊豆修禅寺で転地療養するが大喀血。一時は危篤状態となった。

「その間に入り込んだ三十分の死は、時間からいっても、空間からいっても経験の記憶として全く余《よ》に取って存在しなかったと一般である。妻の説明を聞いた時余は死とはそれほど果敢《はか》ないものかと思った。」

（『思い出す事など』／岩波文庫）

44歳

明治44
1911

文学博士号を贈られたが辞退する。

「従って余《よ》の博士を辞退したのは徹頭徹尾主義の問題である。」（「博士問題の成行」／『漱石文明論集』三好行雄編／岩波文庫）

48歳

1915

芥川龍之介、久米正雄たちが漱石を囲む木曜会に参加。

49歳

大正5
1916

十二月九日、胃潰瘍のため死去。

翌日、東京帝国大学医学部解剖《かいぼう》室で主治医の長与又郎によって解剖され、脳は現在も東京大学医学部に保管されている。脳の重さは一四二五グラムだった。

1910 幸徳秋水ら逮捕（大逆事件）、韓国併合

1912 明治天皇没、乃木希典夫妻が殉死

1914 第一次世界大戦勃発

1915 中国に二十一カ条の要求

1917 ロシア十月革命

Point 1

不機嫌な男のユーモア・パワー

日本人の基本的な悩みをすべて考えてくれた人

文学とはどういうものか真正面から悩む

漱石といえば日本を代表する作家・文学者です。

彼の偉大な点は、今の**私たち日本人が必ずぶつかる問題のほとんどを、先《さき》駆《が》けて悩んでくれた**点にあります。『源氏物語』*1の恋する感情は万国共通で永遠のものかもしれませんが、登場人物たちの考え方や行動は、やっぱり現代の私たちの感覚とはズレています。

しかし、漱石の小説に出てくる人たちは、近代文明人としての自我を持っていて、それ故に、さまざまな悩みを持っています。それは現代の私たちにも通じるものです。

自分とは何か。社会の中で**自分は何をすべきなのか**。不正やしがら

---

*1 『源氏物語』
天皇の子、光源氏の恋と人生を描いた紫式部作の小説。平安時代中期に成立し、世界最古の小説ともいわれる。

みだらけの世間の中で**誠実に生きる難しさ**。友達と同じ人を好きになったらどうするかという、恋と友情の悩み。どんどん西洋風に変化する社会についていけない**孤独感**。日本人はこれからどうなっていくのだろうかという不安……。

日本人の悩みの大先輩・漱石先生

漱石が、このような問題に文学という手段で立ち向かってくれたおかげで、私たちは漱石を読んでそれを学び、**悩みをシミュレーション**して、さらにその先を考えることができるのです。

ただ漱石も最初から文学に対するアプローチが決まっていたわけでは

ありません。

「文学がわからない」と、長いこと悩んでいます。大学で英文学を三年間専攻して、いろいろやってみたのですが、文学というものがわからないまま教師になってしまったと言っています。

「私は大学で英文学という専門をやりました。その英文学というものはどんなものかと御尋《おたず》ねになるかも知れませんが、それを三年専攻した私にも何が何だかまあ夢中《むちゅう》だったのです。（中略）試験にはウォーヅウォース*2は何年に生れて何年に死んだとか、シェクスピヤ*3のフォリオは幾《いく》通りあるかとか、あるいはスコット*4の書いた作物《さくぶつ》を年代順に並《なら》べて見ろとかいう問題ばかり出たのです。年の若いあなた方にもほぼ想像が出来るでしょう、果してこれが英文学かどうだかという事が。英文学はしばらく措《お》いて第一**文学とはどういうものだか、これではとうてい解《わか》るはずがありません。**それなら自力でそれを窮《きわ》め得るかと云うと、まあ盲目の垣《かき》覗《のぞ》きといったようなもので、図書館に入って、何処《どこ》をどううろついても手掛《てがかり》がないのです。これは自力の足りないばかりでなくその道に関した

---

*2 **ウォーヅウォース** 一八～一九世紀、イギリスの詩人。現在ではワーズワースと表記されることが多い。

*3 **シェクスピヤ** 一六～一七世紀、イギリスの劇作家、詩人。『マクベス』『ロミオとジュリエット』『ベニスの商人』など多数の傑作で知られ、今なお最高の劇作家と言われる。

*4 **スコット** 一八～一九世紀、イギリスの詩人、作家。歴史に材をとった『アイバンホー』などが有名。

書物も乏《とぼ》しかったのだろうと思います。**とにかく三年勉強して、ついに文学は解らずじまい**だったのです。私の煩悶《はんもん》は第一ここに根ざしていたと申し上げても差支《さしつかえ》ないでしょう」（『私の個人主義』／岩波文庫）

漱石は、このようにあやふやなまま教師になってしまいます。だから教師時代[*5]もずっと悩み続けています。

何とか語学のほうは、無事教えることができても、**「腹の中は常に空《くう》虚《きょ》**でした。空虚ならいっそ思い切りがよかったかも知れませんが、**何だか不愉快な煮《に》え切らない漠然《ばくぜん》たるもの**が、至る所に潜《ひそ》んでいるようで堪《た》まらないのです」（同書）という気分です。

ここでもう、漱石のよく使う言葉である、**「腹の中」と「不愉快」**が出てきています。「腹の中」は自分の内面でしょう。

漱石は現代人と同じように**自分の内面の感覚を重視**しています。そして、そこをよく探ると、何かしたいのだが、何もできない、煮え切らない、すっきりとしない状態です。それが「不愉快」です。

それは、何もしたいことがないくらいに突き抜けた空虚よりもまだ気

＊5 **教師時代**
高校や中学の英語教師から東京帝国大学で英国文学の教授となるなど、三年の留学期間を除いて、二六歳から四〇歳まで、一一年の教師生活があった。

分が悪い状態だと言っています。

「私は**この世に生れた以上何かしなければならん、といって何をして好いか少しも見当がつかない。**私はちょうど霧《きり》の中に閉じ込められた孤独《こどく》の人間のように立ち竦《すく》んでしまったのです。そうしてどこからか一筋の日光が射《さ》して来ないかしらんという希望よりも、こっちから探照《たんしょう》灯《とう》を用いてたった一条《ひとすじ》で好いから先まで明らかに見たいという気がしました。ところが不幸にして**どちらの方角を眺めてもぼんやりしているのです。ぼうっとしているのです。**あたかも嚢《ふくろ》の中に詰《つ》められて出る事のできない人のような気持がするのです。私は**私の手にただ一本の錐《きり》さえあればどこか一カ所突き破って見せるのだがと、焦燥《あせ》り抜《ぬ》いた**のですが、あいにくその錐は人から与えられる事もなく、また自分で発見する訳にも行かず、ただ腹の底ではこの先自分はどうなるだろうと思って、人知れず陰鬱《いんうつ》な日を送ったのであります」（同書）

自分が本当は何をやりたいのかがわからないという気持ちは、現代人の心境と通じています。自分に向いた天職があるはずだと思いながら、なかなかそれが見つからないのです。
　漱石は、英語教師などではなく自分に向いた本領《ほんりょう》があるはずだと、不愉快な気分を抱えながら、もんもんとしています。自分の本領、つまり自分にしかできないこと、自分が本来持っている特質をいかせることを探しているのですが、**本領**が何だかわからないのでできないという状態が長く続きます。自分にとっての本領は、おそらく文学なのだろうという予感はあるのですが、文学の何たるかに確信が持てないので、そこに飛び移れないのです。

自分が迷っているのに人に教えなくてはならない「不愉快」

　教師として松山、[*6]熊

*6　松山
精神状態があまりよくなかった漱石は、東京高等師範学校を辞めて、松山の中学校教師となる。このときの体験が『坊っちゃん』のベースとなっている。

本[*7]と移っていき、さらにイギリス留学[*8]までしても、その不安定感をぬぐうことができなかったのです。

「それで私はできるだけ骨を折って何かしようと努力しました。しかしどんな本を読んでも依然《いぜん》として自分は嚢《ふくろ》の中から出る訳に参りません。**この嚢を突き破る錐は倫敦《ロンドン》中探して歩いても見つかりそうになかったのです**。私は下宿の一間《ひとま》の中で考えました。つまらないと思いました。いくら書物を読んでも腹の足《たし》にはならないのだと諦《あきら》めました。同時に何のために書物を読むのか自分でもその意味が解らなくなって来ました。

この時私は始めて**文学とはどんなものであるか、その概念《がいねん》を根本的に自力で作り上げるよりほかに、私を救う途《みち》はないのだと悟《さと》ったの**です。今までは全く他人本位で、根のない萍《うきぐさ》のように、そこいらをでたらめに漂《ただ》よっていたから、駄目《だめ》であったという事にようやく気がついたのです」（『私の個人主義』）

このとき漱石は、自分にとって文学をやるとは、文学がどんなものであるかなどと勉強するのではなく、自分で根本的につくり上げるしかな

---

*7 **熊本**
中学の教師から高等学校の教授への一応栄転だった。このころ妻・鏡子と結婚。

*8 **イギリス留学**
文部省の命でイギリスで二年間英文学を研究する。ロンドンの気候や人にもなじめず、神経衰弱がひどく、下宿を何度も変えた。

いものだと悟り、腹を決めるわけです。

漱石は、ロンドンの下宿の一間で、孤独感の中で、霧《きり》の中に閉じこめられたような状態の中で、文学の概念を自力でつかみ取らなければいけないという考えに達したのです。

「自己本位」からの出発

このとき漱石は、それまでの自分が「他人本位《たにんほんい》」だったからダメだったのだと自覚します。漱石の言う**「他人本位」とは、人まね、いわば受け売り**です。

たとえば、西洋人が言えば、すべてそれをありがたがり、盲従《もうじゅう》して、「向こうでは、こういうものが流行っている、尊重されているんだ。これが価値あるものなんだ。それにひきかえ、日本人は、そんなものを大事にしているからダメなんだ」と威張《いば》っているような態度です。

漱石が生きたのは、まさに文明開化[*9]の時代、進歩的と称する人たちが西欧文化を後生大事《ごしょうだいじ》にして、そこで仕入《しい》れた知識をひけらかして威張る

*9 **文明開化**
明治政府によって積極的に欧米の文明が取り入れられ、ガス灯、鉄道などがつくられた。伝統的な日本文化より海外のものを何でもありがたがる風潮が広まった。

ことが多かったでしょう。

しかし漱石の言うような「他人本位」は、現代でもはびこっているのではないでしょうか。

何でもアメリカ型のやり方がいいとするのもそうでしょうし、マスコミや権威ある人の言うことなどを受け売りで、わかったように人に吹《ふい》聴《ちょう》するのもそうでしょう。

漱石はこう言っています。

「ましてその頃は西洋人のいう事だと云えば何でもかでも盲従《もうじゅう》して威張《いば》ったものです。だから**むやみに片仮名《かたかな》を並べて人に吹聴して得意がった男**が比《ひ》々《ひ》皆是《みなこれ》なりと云いたいくらいごろごろしていました。他《ひと》の悪口ではありません。**かくいう私が現にそれだったの**です」（『私の個人主義』）

そこで、漱石は文学に対する新たな自己の立脚点を建設するために、文学とは無縁な本を読みはじめます。

「一口でいうと、**自己本位《じこほんい》という四字をようやく考えて**、その自己本位を立証するために、科学的な研究やら哲学的《てつがくてき》の思索《しさく》に耽《ふけ》り出したので

あります。（中略）

私はこの**自己本位という言葉を自分の手に握《にぎ》ってから大変強くなりました。**彼《かれ》ら何者ぞやと気概《きがい》が出ました。今まで茫然《ぼうぜん》と自失していた私に、ここに立って、この道からこう行かなければならないと指図《さしず》をしてくれたものは実にこの自己本位の四字なのであります。

自白すれば私はその四字から新たに出立したのであります」（同書）

「自己本位」とは、自分勝手という意味ではなく、他人がこう言ったから文学はこういうものであるとか、他人がこういうのが良いと思ったからというのを一切止めて、自分が考えて自分で判断し自分中心に動くというように、**自立した自我による決断行為**ということです。

その「自己本位」に立脚したとき、漱石はそれまでの迷い、憂鬱を吹き飛ばすことができたのです。

「そう西洋人ぶらないでも好いという動かすべからざる理由を立派に彼らの前に投げ出してみたら、**自分もさぞ愉快だろう、人もさぞ喜ぶだろう**と思って、著書その他の手段によって、それを成就するのを私の生《しょう》涯《がい》の事業としようと考えたのです。

その時私の不安は全く消えました。私は軽快な心をもって陰鬱《いんうつ》な倫敦《ロンドン》を眺めたのです。比喩《ひゆ》で申すと、私は多年の間懊悩《おうのう》した結果**ようやく自分の鶴嘴《つるはし》をがちりと鉱脈に掘《ほ》り当てた**ような気がしたのです。なお繰《く》り返《かえ》していうと、今まで霧の中に閉じ込まれたものが、ある角度の方向で、明らかに自分の進んで行くべき道を教えられた事になるのです」（同書）

漱石の文章の中に不愉快、愉快という言葉がしばしば出てきますが、**漱石は生来《せいらい》、不機嫌《ふきげん》、不愉快な気分が強い人**です。**だから、よけい「愉快」になりたい**のです。

『坊っちゃん』の中でも「すこぶる愉快だ」といった表現がしばしば出てきます。「愉快だ」という感覚を思いっきり言ってみたいという思いが漱石の心の中には強くあります。

漱石は「自己本位」という言葉を発見することで、「ようやくここに俺の進むべき道があった、ようやく掘り当てた」という感動を覚え、人も愉快にする方向を見つけたように思ったのです。

しかし、それは留学期間も一年以上経った頃でした。漱石は国費で留学しているので、何らかの成果を求められます。

「かく私が啓発《けいはつ》された時は、もう留学してから、一年以上経過していたのです。それでとても外国では私の事業を仕上《しあげ》る訳に行かない、とにかくできるだけ材料を纏《まと》めて、本国へ立ち帰った後、立派に始末をつけようという気になりました。すなわち外国へ行った時よりも帰って来た時の方が、偶然《ぐうぜん》ながらある力を得た事になるのです」（同書）

自分のつくった「自己本位」という言葉で強くなる

この当時は、**不機嫌な文学者**というのがかなり多くいました。

当時の教養人・知識人は、**西欧に追いつき、強い近代日本を作っていく屋台骨《やたいぼね》に、自分達がならなければいけない、という意識**を、使命感として強く抱いていました。

これは文学者も同様です。すると、**背負う課題があまりにも大きく、**真面目《まじめ》に考えると、そうご機嫌に脳天気に愉快ではいられなかったわけです。

その課題に応える方法として手っ取り早いのは、自分がうまく西洋人のようにふるまうことを覚えて、それを日本人に教えてやることです。当時の日本が留学生に成果として求めたものには、たしかにそういう一面がありました。

漱石のイギリス留学時代は、**森鷗外**[*10]がドイツ留学時代に社交的な生活を送ったのとは対照的に、あまり表にも出ず、友人も多くなく、非社交的な生活をした[*11]といわれています。これでは、いわゆる留学の目的は達成できたとはいえません。

＊10　森鷗外（もり・おうがい）
漱石と並ぶ文豪。ドイツに留学中、現地の女性と恋に落ち、彼女が鷗外を追いかけて日本にまで来たという。この体験が小説『舞姫』のベースになった。鷗外は武家ではないが、それに準ずる藩の医者の家柄に生まれる。鷗外は帰国後、医師、小説家として活躍。日本の歴史に材をとった『高瀬舟』『阿部一族』などを発表しつつ、軍医として最高位になるなど確固たる地位を築いた。

逆に鷗外は、まさに見事に留学の目的を成《な》し遂《と》げたともいえるわけです。鷗外は実務能力の高い人ですから、武士としての骨格を持ちながら社交的な生活を送り、日本と西洋の世界を、自分の中で両立させることができたのです。

漱石の場合は器用ではなかったので、この先の日本人が西洋人ぶっていくのか、それとも違う道があるのかという岐路《きろ》、国家の岐路みたいなものを自分の存在そのもので受け止めてしまったのです。

そこでやや参ってしまったわけですが、突破口として「自己本位」*12を発見し、**西洋人の真似でない、日本人の文学というものを作ってみせよう**と決意したのです。

実際、漱石の作品には、『坊っちゃん』もそうですが、とくに『草枕』*13などには、東洋趣味があふれています。俳諧的小説とも言われ、**東洋的な美の再発見**という趣《おもむき》がある小説となっています。

この『草枕』を書くときの漱石の決意が壮大です。漱石はこの小説に、自分の芸術観や人生観を込めて、天地開闢《かいびゃく》以来こんな小説はない、とい

---

*11 やがて「漱石発狂」の噂が留学生の間に出て、文部省から帰国命令が出る。

*12 **自己本位** 漱石が英国留学体験を回想した『文学論』の序文でキーワードとして出てくる言葉。

*13 **『草枕』** 主人公の絵描きが旅先の温泉で出会った那美という女性との交流からさまざまな思索をしていく小説。俳諧的小説とも呼ばれている。

う位のものを書こうとしています。

弟子の一人で後に児童文学者の先駆けとなる鈴木三重吉に書き送った手紙には、

「いやしくも、文学を以《もっ》て生命とするものならば、単に美というだけでは満足が出来ない。丁度維新の当時、勤皇家が困苦《こんく》をなめたような了見《りょうけん》にならなくては駄目だろうと思う。（中略）僕は一面において俳諧的文学に出入すると同時に一面において死ぬか生きるか、命のやりとりをするような維新の志士の如き烈《はげ》しい精神で文学をやって見たい」（『漱石書簡集』三好行雄編／岩波文庫）

と書いています。自己本位ではあっても、志はとても大きい。明治維新を成し遂げた坂本龍馬[*14]や西郷隆盛[*15]らのような、生命の危険よりも国の命運を思った志士の気持ちで、**命のやりとりをする気持ちで文学をやりたい**と言うのです。

優れた文学は西欧にありましたが、それを安易に輸入するのではなく、**自分が日本人の文学をつくるんだ、という気概**があります。現代から

＊14　**坂本龍馬**（さかもと・りょうま）
幕末に活躍した志士。薩摩藩と長州藩の同盟を成立させるなど、明治維新最大の功労者ともいえる。

＊15　**西郷隆盛**（さいごう・たかもり）
幕末、薩摩藩の有力者。長州藩との同盟を結び、江戸城を無血開城させる。

見ると、たしかに漱石は、**「文学の志士」**といってもいいような活躍をしたといえます。

ネガティブパワーの活用

漱石には、自分に襲いかかってくる**不機嫌さを反転させて、愉快にしていこう**という明確な意識があります。

イギリス留学時代の漱石は、自己を喪失して、**「下宿籠城《ろうじょう》主義」**などといって、一種のひきこもり状態になっています。しかし、そのひきこもりを逆境パワーにしてしまいます。

漱石は学生時代から英語に優れていて、英語教師になるのですが、イギリス留学となってロンドンに来てみると、英文学者のわりには英語がそれほど得意ではないと気づきます。

当然日本人への差別もあります。日本は、文学上も遅れているし、政治も経済も遅れている。そうしたことがすべて漱石にとって、圧力になってのしかかったのです。

そのため、下宿の一室にひきこもってしまって、常に監視されているような、周りが全部敵に思えるような状態になってしまいます。

しかし、このひきこもりの中で、「自己本位」というところに行き着いたのです。それは、ネガティブパワーが非常に強かったところから生まれたものです。**ネガティブな圧力が強かった分、反転したときには強い支えにもなり、長くそのパワーを維持できた**のです。ひきこもった下宿の一室で固めた「自己本位」という決意を腹の中心に据えて、そこからずっと突っ走った人生だったともいえます。

もし漱石の気質がもう少し楽天的で、コミュニケーション上手であったなら、それを利用して、近代の日本の課題などに対して、真正面からぶつからず、うまく不愉快も解消できて、これほどの作品を生み出すまでには至らなかったでしょう。

この漱石の経験は、私にはよく理解できます。

ひきこもって神経衰弱になるような危機を何年間か過ごすのは、逆にいえば**大きなエネルギーを蓄積《ちくせき》させる**という面もあります。

私もそういう時期を過ごしたことがあります。そんなときには、人と話すのも嫌になってしまいます。自分自身への期待感が大きすぎ、かといって**自分自身が自分の期待に応えられる表現手段をまだ持っていない**のです。何かを成し遂げるという状況にないのです。

下宿に寝転《ねころ》がって天井を見あげていると、その空間が独特な宇宙を形成していき、**宇宙の中に我一人《われひとり》**のような妄想が膨《ふく》らんできてしまうのです。

そうかと思えば、ある時期は、世の中がみんな敵のように感じたりします。世の中の人は誰も自分を理解しないだろうという孤独感に駆られたり、攻撃的になったりもするのです。

私がそんな時代を過ごしたのは二〇代、ちょうど八〇年代のバブル期で、世の中全体が浮かれていた時代です。そういう中で自分だけが沈み込んでいるという思いが強かったものです。自分だけが湖の底にいるような状態で、世間からも評価されないし、お金もなければ身分もない、何もないという状況でした。

今の私は冗談で**「上機嫌教《じょうきげんきょう》」**を世の中に広めたいと言っているほど、

快活で上機嫌を信条にしています。当時の私を知っている人からは、想像できないと思います。

そういう状況に**どんどん落ち込みきってしまうと、それがある覚悟を決めるエネルギーに繋がっていく**のです。漱石の場合も、ロンドン時代のネガティブパワーを起爆剤にして、作家としての道を進むことになります。

『坊っちゃん』や『吾輩は猫である』*16は、**ユーモアが炸裂**しているような愉快な小説です。そういう小説を、この神経衰弱を経た暗い漱石が書いたのが面白いところです。**不機嫌をバネにして上機嫌に転換を図った**ともいえます。漱石は、国家を代表してロンドンに留学して、そこで踏み迷ってしまったわけです。

留学がうまくいったかどうかといえば、表面的には、めったにないほどの失敗ですが、**国民的作家・漱石を生み出した**という点から考えると、これほどうまくいった留学もありません。どんなに器用に友人を増やして帰ってくるよりも、日本にもたらしたものは莫大だったのです。

---

*16　**『吾輩は猫である』**
漱石のデビュー作。猫の視点から世相を見たユーモア小説の元祖ともいえる作品。実際に漱石は黒猫を飼っており、小説と同じく名前をつけていなかった。

ひきこもりから突き抜けるパワーを出す

漱石は四九歳で死んでいます。三九歳からの**一〇年間に残した作品の多さ、質の高さ**を考えると、この時期の漱石のひきこもりに感謝し、ひきこもらせることに至った国費留学生制度というもののありがたみを感じるほどです。

漱石がロンドンから帰って作家として徹底して腹を決めてやってくれたおかげで、日本の近代小説は格段に進歩したのです。

学べるポイント

① 不器用でも誠実に悩むと大きなテーマを得られる

② 四字熟語風に「自分の主義」を作ってみる

③ ネガティブな状況から、突き抜けるパワーを引き出す

Point 2 はじめての国民的作家

現代日本語の背骨をつくった男

日本語のスタンダード

夏目漱石は、日本ではじめて生まれた**「国民的作家」**です。

江戸時代には、十返舎一九《じっぺんしゃいっく》[17]は『東海道中膝栗毛《とうかいどうちゅうひざくりげ》』[18]がベストセラーになり、作家を職業としたはじめての存在と言われています。あるいは井原《いはら》西鶴《さいかく》[19]の作品もベストセラーになり広く読まれていました。しかし、江戸時代には「国民」という観念はありませんでした。[20]

そもそも日本に「国家」という概念ができたのは、江戸時代が終わり、明治時代になってからです。それにともなって「国民」という意識もできてきたのです。

明治になり、それまでの「藩」という区別や士農工商の身分差がなくなり、日本という「国家」ができ、教育制度が整い、国民みんなが学校

---

*17 **十返舎一九**
江戸時代の作家。

*18 **『東海道中膝栗毛』**
弥次さん、喜多さんのコンビが江戸から大坂まで旅をするさまをユーモラスに描いた小説。

*19 **井原西鶴**
江戸時代の作家。代表作に『好色一代男』『日本永代蔵』など。

*20
江戸時代は藩が現在の国のレベルに考えられていた。

教育を受けることができるようになりました。

日本では江戸時代を通じて教育が盛んで、識字率《しきじりつ》は高かったのですが、明治となってほとんどの国民が教育を受けることができるようになり、読み書きができるようになりました。

そのとき、「何を読むか」というとき、まず漱石が読まれたのです。福沢諭吉[*21]も読まれていましたが、作家ということでは、漱石が断然読まれる率がトップでした。

たとえば、明治の文学者といえば、森鷗外も漱石と並んで評価は高いですし、幸田露伴[*22]や樋口一葉[*23]も文学的な評価は高いでしょう。しかし、鷗外、露伴、一葉などは、今の若い人たちが普通に読むには、文章的にかなり難しい文語体です。

それに比べると、**漱石の日本語は今でもごく普通に読める**ものです。漱石は江戸の最後の年となる慶応三年生まれで、明治元年が一歳、そして死んだのは大正五年、まさに**明治とともに生き明治とともに死んだ**人です。

＊21　福沢諭吉（ふくざわ・ゆきち）
江戸末期から明治に活躍した学者。慶應義塾大学を創設。「天は人の上に人を造らず」という引用句が有名な『学問のすゝめ』を著す。

＊22　幸田露伴（こうだ・ろはん）
漱石よりやや早く、明治時代に活躍した小説家。代表作に『五重塔』がある。

＊23　樋口一葉（ひぐち・いちよう）
明治時代に活躍した女流小説家。二年弱の間に『にごりえ』『たけくらべ』などの名作を書き、二四歳の若さで亡くなった。

同時期の作家たちは、今の人たちには読まれることが少なくなっています。その中で、漱石は現代でも読みやすい文章ということもあり、その息の長さ、作品の質・量ともに非常に大きいものがあって、いまだに一般の人たちに読み継がれています。

また、漱石の専門研究者も膨大にいます。日本の近代文学を研究する場合には、漱石は中心テーマになっています。

漱石の文体は、**近現代の日本語の文体というものの基本教科書**ともいえます。その意味では、私たちは自分自身でも気がつかないうちに、漱石の文章を教科書にしてものを書くという作業をしているのです。

それに比べると、幸田露伴や樋口一葉を模範に書いている人は、今はほとんどいません。そういう意味で、漱石は今の日本語のスタンダードをつくったといえます。

漱石の**読者層の幅広さ**は、今の七〇代、八〇代の方たち一万人ほどに聞いたのですが、ほぼ九割の人が『坊っちゃん』を読んだことがあるということでした。まさに国民的作家です。

若くなればなるほど、読んだことがある人の割合は、少なくなるかもしれませんが、漱石の『坊っちゃん』を知らない人は、まずいないでしょう。

基礎としての漢学とやさしい文体

漱石の魅力は、まず言葉の柱を明確に持っていたところから出ています。その**基礎となっているのは漢学と英文学**です。

江戸時代の教養の基礎は漢学[*24]で、幕末から明治初期にかけての漱石の時代は、まだ幼い頃から漢学に馴染んでいます。

唐木順三[*25]は、漱石のように、幼い頃から漢学の素養があった世代を「素読《そどく》世代」と呼んでいます。その後の芥川龍之介[*26]などの世代を「教養世代」と呼びました。永井荷風[*27]はその分かれ目の最後として、「素読世代」と位置づけられています。

その唐木の世代論に従えば、幸田露伴や漱石あたりは漢学の書物を素読して育った世代で、情報を得ればよいという読書で育ったのではなく、

---

*24 **漢学**
中国の文化、主として儒教を学ぶ学問。

*25 **唐木順三**（からき・じゅんぞう）
戦中、戦後に活躍した評論家。

*26 **芥川龍之介**（あくたがわ・りゅうのすけ）
大正時代に活躍した小説家。『羅生門』『蜘蛛の糸』『トロッコ』など多くの優れた小説を残すが、三五歳で自殺。

*27 **永井荷風**（ながい・かふう）
明治、大正、昭和に活躍した小説家。『あめりか物語』『濹東綺譚』『つゆのあとさき』などが代表作。

音読をしながら漢文を読むという、体にしみこませる読書法を軸《じく》に学んだといえます。

読む姿勢からしっかりと決められていて、机に向かうことがひとつの作法であり、**体ごと向かう読書**を体験した世代です。

漱石は漢学が大好きでした。小学校の頃、仲のいい友達に「喜《き》いちゃん」という子どもがいて、二人で漢学の文章の議論をすることがあったようです。

「喜いちゃんも私も漢学が好きだったので、**解りもしない癖《くせ》に、よく文章の議論などをして面白がった**。彼はどこから聴いてくるのか、調べてくるのか、よくむずかしい漢籍の名前などを挙《あ》げて、私を驚ろかす事が多かった」(『硝子戸の中』)

漱石は漢学の素養をベースにしながらも、自分の作品の中で、それをむき出しに使っているわけではなく、**読みやすい口語**を基本にしています。だから漱石の文体は今の人でも読めるわけです。

それに比べると、幸田露伴は、漢学の素養を意図的に使って、美的な文体を構築したといえるでしょう。『五重の塔』など露伴の文章を読んでみると、たしかに「さすが文豪！」と思いますが、サラサラ読むには、かなり難しいものになっています。

鷗外の場合は、漢学の素養に加えてドイツ語やフランス語の教養が直接的に作品ににじみ出てしまっています。

そのため、『舞姫』のようなよく知られた作品でも、今の普通の高校生にとっては、やはり難しいところがあります。鷗外には、文語体が基本という意識があまりにも強くあって、そこから上手に抜け出せなかったのかもしれません。

江戸っ子的・落語的要素を文学に生かす

漢学の素養をむき出しにしないで、**江戸っ子的・落語的要素**を持ち込んでいるのが漱石です。そこが「国民的作家」としての上手さです。

これにはいろんな理由があると思いますが、ひとつには漱石が落語好き[*28]であったことも大きいようです。**軽い、調子のよい日本語感覚**が、

---

*28 落語好き　若い頃から落語に親しみ、同級生の正岡子規とともに寄席に通っていた。

文体にそのまま生かされています。そこが鷗外や露伴と大きく違うところです。

『坊っちゃん』には落語のような調子の良さがあります。江戸っ子の坊っちゃんがまくし立てるように言って、それに対して松山の人たちが「ぞなもし」調で、のんびりとした感じで応えます。そのズレの面白さがあります。

漢学の素養に落語的軽みを持ち込む

あるいは「赤シャツ」のように慇懃《いんぎん》無礼《ぶれい》で腹の黒いタイプに対して、坊っちゃんは直情径行型にやってしまうという、小説の構造に対照的な図式があります。**図式的な**

構造と勢いのある言葉。それは漫画的でもあり、江戸文化の軽みに通じています。

その点では、漱石は、『東海道中膝栗毛』的な軽い江戸の読み物の系統を、上手く近代的な日本語に溶かし込んだ作家だと言えます。

英文学者であったことの強みを生かす

漱石の持ち味は、落語的で勢いのある話し言葉と漢学の素養ですが、もう一つ大きいのは**英文学者**であったことです。それが**日本語を近代的なものにする柱**になっています。

今の日本語の論理的文章の主軸は、翻訳文体です。生来の日本語でなく、「外国語から翻訳したらこうなるであろう」という文体が、すっかり日本語の中に定着しています。それが自然に論理性の高い文章を支える文体になっています。

漱石の文章には、短く勢いがあって、いかにも話しているような文体と、長い文章で、関係代名詞を使うような翻訳文体が混《ま》ざっています。

和洋の文体が上手に組み合わされることで、文章の幅が広がっています。ただ感覚的なだけの文章ではありません。

漱石が学んでいた一九世紀末の英文学[*29]は、世界的にレベルの高いものでした。

英文学を小説執筆の土台とする

それは、主人公に近代的な自意識があり、複雑な感情や悩みを持つ**人物造形のうまさ**や、**物語を展開させていくテーマ設定の技術**の高さなどです。

漱石はそうした英文学を十分研究しつくしたうえで、自ら小説にチャレンジしています。

＊29　英文学
一六世紀のシェイクスピアをはじめとして、一八世紀初めにはデフォーの『ロビンソン・クルーソー』が書かれ、ワーズワースやコールリッジ、バイロン、キーツといったロマン派詩人が活躍。漱石と同時代の一九世紀には、ディケンズの『オリバー・ツイスト』『二都物語』、オースティンの『高慢と偏見』といった名作を残す小説家が活躍。

つまり、英文学を原語で直接読み、研究できた人間が作家になったことが、質の高い作品を産む要因になっているといえます。

英文学では、当時すでに**現代人の意識のあり方**に近いものが描かれています。

それまでの日本文学では、『源氏物語』などは別にして、たとえば『東海道中膝栗毛』の弥次《やじ》さん喜多《きた》さんには、自我、自意識、あるいは他者との関係性のようなそれほど複雑な悩みはありません。近松門左衛門*30の『曽根崎心中《そねざきしんじゅう》』にしても、そこまでは複雑な人物像が造形されているわけではありません。

しかし、明治以降の作家は、好むと好まざるとにかかわらず、近代的な自我意識、あるいは近代国家と個人といった課題と直面せざるを得ませんでした。

漱石の創作のテーマには、近代の日本人が抱え込まざるを得なくなった悩みが大きな割合を占めています。その**悩みを分析し、小説という形にするときに、自分が格闘してきた英文学研究を大いに役立てた**

＊30　近松門左衛門（ちかまつ・もんざえもん）
江戸時代の人形浄瑠璃、歌舞伎作者。代表作に『曽根崎心中』『女殺油地獄』など。

のです。
そういう意味で漱石は国民的作家として、とても**しっかりした三つの土台を持っていた**といえます。

ひとつは日本語をつくるための**漢学**という土台。もうひとつは表現のための**落語**などの江戸文化という土台。そして小説という形式にするための**英文学研究**という土台です。

漱石は、いろいろな問題を抱え込んで、それでも生きていかなくてはならないという自意識の辛さを主題に据えて小説を書き続けました。その背景には、教養人、あるいは学者としてのレベルの高さがあったのです。

明治以降の作家には、そうした海外文学の教養をバックボーンにしている作家たちがいます。

森鷗外にしても永井荷風にしても、ドイツやフランスに留学しています。二葉亭四迷はロシア語の翻訳家でもあります。

また、海外文学を研究し、知り尽くして作家になった人は、日本文学の中でも独特な位置を占めています。

たとえば、福永武彦[*31]などはフランス文学の研究者で作家でした。丸谷才一[*32]も英文学の影響を受けています。また、フィッツジェラルド[*33]などアメリカ作家を好み、その作品を翻訳している村上春樹[*34]などがいます。

村上春樹は、フィッツジェラルドが好きで、原文でその魅力にとりつかれたことが作家になるきっかけになっています。もともと作家になろうというのではなく、**「この小説の面白さはどこにあるんだろう」と解体・分析作業を進めていく**なかで、自分自身で創作するほうに向かったというプロセスだったと自身で語っています。

海外文学を身に染みるまで研究し尽くし、自分のものにすることによって、日本という国、あるいは、**日本という国に生きる自分というものを、相対的に見ることができる視点**を持てるわけです。

漱石の場合、その強みが存分に生きており、その作品が現代でも読み継がれる一因になっています。

＊31　福永武彦（ふくなが・たけひこ）
戦中戦後に活躍した小説家、評論家。代表作に『草の花』など。

＊32　丸谷才一（まるや・さいいち）
一九二五年生まれの小説家。『年の残り』で芥川賞受賞。『笹まくら』『裏声で歌へ君が代』『たった一人の反乱』など優れた長編小説を書く。

＊33　フィッツジェラルド
第一次大戦後で、身体とともに精神的に傷ついた若者たち「ロスト・ジェネレーション」を代表するアメリカの作家。代表作に『華麗なるギャツビー』がある。

＊34　村上春樹（むらかみ・はるき）
一九四九年生まれ。現代日本を代表する小説家。『風の歌を聴け』でデビュー、『世界の終りとハードボイルド・ワンダーランド』、『ノルウェイの森』『海辺のカフカ』などの作

学べるポイント

① 体ごと向かう読書で古典を身につける

② 教養に軽みとユーモアを組み合わせる

③ 海外文化の魅力を研究・分析して身につける

品で海外でも大きな支持を得る。

Point 3

高い教育欲を持って

教師が好きではないのにビッグな弟子を育てた

漱石の転機——愉快な小説家生活へ舵を切る

漱石は、人生のある時期に、**自分で自分の人生をデザインし直しています**。この人生のデザイン感覚にはとても鋭いものがあります。

その転機は二度あります。漱石の一度目の転機は、これまで述べてきたように、「自己本位」ということに目覚めたイギリス留学中です。

イギリスに行ったのが三三歳のときで、帰国の途につくのが三五歳、三六歳で神戸に着きます。三三〜三五歳までの丸二年の留学期間に決意を固めて、帰ってくるなり『吾輩は猫である』を書いています。

つまり、イギリス留学を機に、『吾輩は猫である』『坊っちゃん』『草枕』を次々と書き、**作家として独立**する方向に舵《かじ》を切りはじめた、ということです。

それを実行に移したのは、「朝日新聞」への入社[*35]を決意し、一高、東大に辞表を提出したときです。

これが第二の転機です。漱石は教師を辞めて**作家一本**で立っていこうと決めたわけです。このとき**漱石は四〇歳**です。

しかし、教師を辞めるときに、漱石は非常に迷っています。

漱石は、つねに生活を背負っていて、養わなければいけない人間が多かったのです。いくつかの学校で教師をやっていましたから、当時の給料は決して悪いものではありませんでした。ですから、辞めると生活が大変になるということで悩んだのです。

漱石は、原稿料を稼ぐという必要性が高かったようです。

自分の家族だけでなく、生家の夏目家、幼い頃、一度養子[*36]に入った塩原家にも金を出しています。一人の肩に一族の生活がかかっていたのです。

この当時は教育を受けた人間も少なく、その人間に、一族郎党が全部のしかかります。

---

*35 **朝日新聞社入社**
通常の新聞記者ではなく、朝日新聞で専属の小説記者として契約することとなった。

*36 **養子**
夏目家はもとは裕福だったが、漱石が生まれた頃は没落気味で、漱石は生後すぐに塩原家に養子に出される。結局九歳のとき夏目家へ戻る。

「家」というものが、いわゆるしがらみとか心情的なものではなくて、経済的なしがらみとして厳然としてあったわけです。そして漱石は、金銭問題については、最後まで自らの責任を果たしています。

実際の漱石は、自らが『それから』[*37]で描いた主人公の代助のような高等遊民とはまったく違っていたのです。

「朝日新聞」への入社を決めたのは、「朝日新聞」から話があったということもあるでしょうが、漱石の経済状況を考えると、それだけ決意が固かったことをも示しています。

「入社の辞」で、**作家として立っていけることほど、気分よく名誉なことはない**と、次のように書いています。

「大学では四年間講義をした。特別の恩命を以《もっ》て洋行を仰《おおせ》つけられた二年の倍を義務年限とすると此《この》四月で丁度《ちょうど》年期はあける訳になる。年期はあけても食えなければ、いつ迄《まで》も噛《かじ》り付き獅噛《しが》みつき、死んでも離れない積《つもり》でもあった。所へ突然朝日新聞から入社せぬかと云う相談を受けた。担任の仕事はと聞くと只《ただ》文芸に関する作物を適宜《てきぎ》の量に適宜の時に供給

*37 『それから』
代助と、彼の友人の妻・三千代との恋を描いた小説。代助は学校を卒業しても定職を持たず、親の仕送りで暮らし、日々を自分の趣味や学問などをしている。こうした上流階級のインテリ子弟を高等遊民と呼んだ。

すればよいとの事である。**文芸上の述作を生命とする余**にとって是程《これほど》難有《ありがた》い事はない、是程心持ちのよい待遇はない、是程名誉な職業はない、**成功するか、しないか抔《など》と考えて居られるものじゃない**。博士や教授や勅任官《ちょくにんかん》抔《など》の事を念頭にかけて、うんうん、きゅうきゅう云っていられるものじゃない」(『漱石全集』第二十一巻/岩波書店)

しかも、教師をしていたときの生活の苦しさ、不愉快な気分ゆえに、書かざるを得ない心境だったと言っています。

「大学では講師として年俸八百円を頂戴《ちょうだい》していた。子供が多くて、家賃が高くて八百円では到底《とうてい》暮せない。仕方がないから他に二三軒の学校を馳《かけ》あるいて、漸《ようや》く其《その》日を送って居た。いかな漱石もこう奔命につかれては神経衰弱になる。其上《そのうえ》多少の述作はやらなければならない。酔興《すいきょう》に述作をするからだと云うなら云わせて置くが、近来の**漱石は何か書かないと生きている気がしない**のである。夫《それ》丈《だ》けではない。教える為《た》め、又は修養の為め書物も読まなければ世間へ対して面目がない。漱石は以上の事情によって神経衰弱に陥《おちい》ったのである。

新聞社の方では教師としてかせぐ事を禁じられた。其代り米塩《べいえん》の資に窮せぬ位の給料をくれる。食ってさえ行かれれば何を苦しんでザットのイットのを振り廻す必要があろう。やめるなと云ってもやめて仕舞《しま》う。**休《や》めた翌日から急に脊中《せなか》が軽くなって、肺臓に未曾有《みぞう》の多量な空気が這入《はい》って来た**」（同書）

漱石はようやく「自己本位」を実現できる職業に就くことができたわけです。

さらに漱石は、**自己本位の個人主義的立場**を強調して、自分の愉快のためにやると言っています。自己本位でやってみて、結果的に他人のためにもなればそれがよしというのです。それが自己本位の仕事としての芸術や学問というものが、他人本位の仕事、普通の仕事である普通の職業とは違うところだと言います。

「けれども私が文学を職業とするのは、人のためにするすなわち己を捨てて世間の御機嫌《ごきげん》を取り得た結果として職業としていると見るよりは、**己のためにする結果すなわち自然なる芸術的心術の発現の結果が偶**

一大決心をして教授から作家になる漱石

然人のためになって、人の気に入っただけの報酬が物質的に自分に反響して来たのだと見るのが本当だろうと思います。（中略）

幸いにして私自身を本位にした趣味なり批判なりが、偶然にも諸君の気に合って、その気に合った人だけに読まれ、気に合った人だけから少なくとも物質的の報酬、（あるいは感謝でも宜しい）を得つつ今日まで押して来たのである。いくら考えても偶然の結果である。この偶然が壊れた日にはどっち本位にするかというと、私は私を本位にしなければ作物が自分から見て物にならない。私ばかりじゃない誰しも芸術家である以上はそう考えるでしょう」（「道楽と職業」／同書）

愉快に暮らせるか、不愉快になってしまうかには、誰にとっても、職業選択が大きくかかわってくるでしょう。

どの職業が愉快で、どの職業が不愉快かは、その人の向き不向きによります。その人にとってそれを**やることが愉快であるような仕事に出合えるかどうかが問題**です。

漱石にとっては教師をやっていることが、不愉快なことだったのです。

しかし、人によっては、教師が愉快な人もいます。

たとえば私は、教えていて不機嫌になるということはありません。だいたい上機嫌になっていきます。授業を終わった後のほうが授業前よりは元気になっています。**ライブのコンサート**をするようなもので、ご機嫌になります。

不機嫌から脱するために人生の舵を切る

漱石は、生真面目《きまじめ》なところがあって、あまり好きではない教師でも、仕事となるからにはきちんとしようとしています。でも、好きではないのでエネルギーを失うように感じたのでしょう。だから辞めて、**自分のエネルギーすべてを文学に**

注ぎ込んだら、どこまでいけるか、勝負に出たかったのだと思います。

実際、作家一本に絞ってからは、ほぼ限界だと思うほどのハイペースでハイクオリティな仕事をしています。

『吾輩は猫である』『坊っちゃん』や『草枕』などは作家として自立する前に書かれた作品ですが、朝日新聞社に入社しての第一作『虞美人草』*38を発表してからというもの、年に数作のペースで「朝日新聞」紙上に連載していきます。

漱石は、気分でいえば不機嫌なことが多かった人なのです。しかし、人生を大きな意味で愉快に過ごすか不愉快に過ごすかという選択をしたとき、自分の文学というものをつくり上げるという大筋《おおすじ》で、**「愉快な人生」という方向に舵を切っていった**のですね。

放っておくとすぐに自分が不愉快になってしまう。だから人生の大筋だけは自己本位で、愉快な方向に持って行きたいという、思い切った転換をする必要があったのでしょう。

神経衰弱というのは相変わらず襲ってきたかもしれませんが、**人生の**

＊38 **『虞美人草』** 主人公の女性・藤尾を巡る人間模様が描かれた小説。新時代の女性として描かれた藤尾に人気が集まったが、漱石自身は彼女のキャラクターを嫌っていて最後には自殺させる。

大筋を愉快にする転機をつかんだということが、漱石にとっての「自己本位」といえます。

独特の教育力を発揮

漱石を評価するに当たって、もちろん文学者としての功績もありますが、教育者として、とくに後進を育てた功績というのも見逃すことができません。

漱石の眼力《がんりき》が育てた人物は多くいます[*39]が、たとえば**芥川龍之介**もかなり早い時期、まだ大学生のときに、漱石から『鼻』を激賞されて、世に出たのです。あるいは**和辻哲郎**[*40]もデビューさせました。中勘助も漱石に師事し、『銀の匙《さじ》』をほめてもらったことで、作家としてやっていく勇気を得ました。

漱石が後進を育てたということでは、毎週自宅で開いていた**「木曜会」**が有名です。

毎週木曜日を面会日に当てて、自由に弟子たちを出入りさせていまし

*39 漱石山脈と呼ばれるほど、日本の学術・芸術方面で名をなした人物が輩出した。科学者、エッセイストの寺田寅彦、児童文学雑誌『赤い鳥』などを創刊した鈴木三重吉などもいる。

*40 和辻哲郎（わつじ・てつろう）哲学者、思想家。代表作に『古寺巡礼』『風土』などがある。

た。和辻哲郎によると、その様子は、漱石が真ん中にいて、小宮豊隆[*41]や森田草平[*42]など、漱石の弟子たちが議論をします。ただ先生を崇《あが》め奉《たてまつ》って恐縮しているというのではなくて、**漱石にさえくってかかる**ような生きの良さがあったといいます。

それは漱石が、**若い人を遊ばせるような空気をつくっていた**ということです。漱石はそういう場では神経質なところはほとんどなく、非常に理知的で、鷹揚《おうよう》な感じでゆったりと場を見守るような存在であろうとしていました。

漱石というと、盆栽などを叩き割った、妻子に厳しかったというような**癇癪《かんしゃく》持ちのイメージ**が世に広まっていますが、それとはまったく違った一面があったのです。

家族には癇癪をぶつけたりしたかもしれませんが、木曜会での漱石は、弟子たちに対して、むしろ、社交的な場を用意し、場を和《やわ》らげる親分的、ホスト的な役割を長期にわたって維持していたのです。

しかも、和辻哲郎が推測するには、おそらく「木曜会」を維持するた

＊41 **小宮豊隆**（こみや・とよたか）
評論家となる。『漱石全集』を編集する。

＊42 **森田草平**（もりた・そうへい）
小説家となる。後に女性解放運動をリードする雑誌「青鞜」をつくる平塚らいてうと心中未遂事件を起こし、そのことを『煤煙』という小説に書いた。

漱石山脈と言われるほどの弟子たち

めに、家族には非常な負担をかけただろうというのですが、それでも、漱石はそういう場を用意し続けたのです。

自宅を若者の空間として用意し続けることの負担は、経済的だけでなく、精神的にも莫大な犠牲を強いるものです。

若者のほうは、「ヒマだしちょっと行ってみるか」というくらいの気持ちで行って、もちろん授業料も払いません。当時はまだまだ「書生《しょせい》」*43のような考えも抜けきらない時代ですから、漱石の門戸《もんこ》をたたいて出入りすることに、大した感謝も持っていなかったのでしょう。

自宅を開放して、自分のもとに集まる若者たちを、ある程度養い続けたというのは、明らかに**使命感があったからこそできた**ことです。

漱石の生来の性質として、そんな社交的なことが好きだったとは、とても思えません。

身銭を切って、自分の家庭を不和にしてでも、そうした場を提供し続けたのは、自分がそこにいて、いろんな若い人同士が出会う、あるいは自分と多少ともふれあうことで、文学を軸にして、**日本を支える屋台骨**

＊43　書生
当時は、下宿してその家の手伝いなどをしながら学校に通う学生が多かった。生活の面倒まで見てもらう学生も少なくなかった。実際、漱石門下で、後に『ノラや』などの名随筆を書いた内田百閒（うちだ・ひゃっけん）も、漱石に度々借金を申し込んでいたという。

としての知識人を育てようという志があったからこそです。

漱石のコメント一つで若者たちは、知識人として生きる勇気を与えられました。漱石は、近代日本を代表する教育者の一人であったのです。

漱石は、「教師は自分には向いていない、だからもう辞めたかった」と言っていますが、実際には、漱石は**極めて深い教育欲**を常に持っていた人物です。

「私の個人主義」という名講演をしたときには、最後に聴衆の学生にこう言っています。

「もし私の意味に不明の所があるとすれば、それは私の言い方が足りないか、または悪いかだろうと思います。**で私の言う所に、もし曖昧の点があるなら、好い加減に極《き》めないで、私の宅までお出下さい。**出来るだけはいつでも説明するつもりでありますから。」(『私の個人主義』)

ここまで丁寧に、誠実に、自分の腹の底を述べる講演はめったにありません。いかに真剣に若者と相対していたか、漱石の教育欲の高さがわかる言葉です。

『坊っちゃん』のような作品をもっと書いてほしかった

漱石のいちばんの傑作は何かとよく言われます。**ユーモア小説で品格のあるもの**が日本には少ない中で、私は『**坊っちゃん**』は、得がたい存在だと思います。

これは文学としての水準というだけではなく、**子どもたちから大人まで幅広く読めて、楽しめる**という点で画期的なものです。文学が持つ娯楽性が爽《さわ》やかに炸裂《さくれつ》しています。

私は小学生を対象にして「音読破《おんどくは》」といって、ある作品をすべて音読で読破するということをやっています。そのときにまず取り上げるのは、漱石の『坊っちゃん』です。

私が一文ずつ音読して、子どもたちが復唱するという形で総計五〜六時間かけて全文を読みます。全文音読で読破すると、マラソンを完走したような爽快な気分になります。

相当速いテンポで日本語らしい読み方で読んでいきます。これを一冊通して体ごとやっていくと、後半には、日本語のリズムが子どもたちの身についてきます。はじめの頃とは、日本語力の雲泥《うんでい》の差をまざまざと目《ま》のあたりにできるので、ぜひ全国の小学校で実践してほしいメニューです。

ユーモア小説の金字塔・坊っちゃん

音読するだけで、子どもはいちいち解説しなくても、内容を八割以上理解します。『坊っちゃん』は、今の小学生でもほとんどが理解できるのです。

これは、漱石の**ストーリーテラーとしての才能**が非常に優れていることを示しています。

ストーリーの展開がはっきりしていて、子どもにもよくわかるのです。

実際、その後、子どもたちから、「面白かった。読み切った爽快感・充実感がすごかった」というメールがたくさんきます。

たとえば、『坊っちゃん』は、次のようにはじまります。

「親譲《おやゆず》りの無鉄砲《むてっぽう》で子供の時から損ばかりしている。小学校に居る時分《じぶん》学校の二階から飛び降りて一週間ほど腰《こし》を抜《ぬ》かした事がある。なぜそんなむやみをしたと聞く人があるかもしれぬ。べつだん深い理由でもない。新築の二階から首を出していたら、同級生の一人が冗談《じょうだん》に、いくらいばっても、そこから飛び降りる事はできまい。弱虫やーい。とはやしたからである。小使《こづかい》におぶさって帰って来た時、おやじが大きな目をして二階ぐらいから飛び降りて腰を抜かす奴《やつ》があるかと言ったから、この次は抜かさずに飛んでみせますと答えた」（『坊っちゃん』／角川文庫）

実に**快調なテンポの文体**です。漱石の『坊っちゃん』を小学校時代に全文音読破しておくことは、**日本語の基礎を身につける上で大きな力になる**はずです。

質の高い日本語で格調があって、小学生でもストーリーがよくわかって、面白く笑える作品となるとめったにありません。実際、小学生に読ませることのできる作品で、『坊っちゃん』に匹敵《ひってき》する作品を見つけることは難しいのです。

文章を読める人の一〇〇パーセント近い人間が理解できて楽しめるという、その**文学のすそ野の広さ**。そして内容的にも、小学生でもほぼ確実に受け取ることができるという点で、『坊っちゃん』以上に適当な作品は得難いのです。

たとえば、今の若い人に受けるポップで面白い小説であったとしても、七〇～八〇代の人まで面白く思えるかというと、まず難しいでしょう。また逆にかつて大ベストセラーとなった作品でも一〇年もすると、その面白さが命を保っているかどうかは怪しいものです。

また、文学というと、どうしても深刻で難解なもののほうが価値が高いというイメージがまだあります。しかし、私の見方では、単に深刻なものよりも、**むしろユーモアを含んだ文学のほうが高度な技術が必要**

です。

坊っちゃんと宿の婆さんとのやりとりがあります。

「『しかし今どきの女子《おなご》は、昔《むかし》と違《ちご》うて油断ができんけれ、お気をおつけたがええぞなもし』

『なんですかい、僕の奥さんが東京で間男《まおとこ》でもこしらえていますかい』

『いいえ、あなたの奥さんはたしかじゃけれど……』（中略）

『どこにふたしかなのがいますかね』

『ここにもだいぶおります。先生、あの遠山のお嬢《じょう》さんを御存知かなもし』

『いいえ、知りませんね』

『まだ御存知ないかなもし。ここらであなた一番の別嬪《べっぴん》さんじゃがなもし。あまり別嬪さんじゃけれ、学校の先生方はみんなマドンナマドンナと言うといでるぞなもし。まだお聞きんのかなもし』

『うん、マドンナですか。僕あ芸者の名かと思った』

『いいえ、あなた。マドンナと云うと唐人《とうじん》の言葉で、別嬪さんの事じゃろうがなもし』
『そうかもしれないね。驚いた』
『おおかた画学の先生がおつけた名ぞなもし』
『野だがつけたんですかい』
『いいえ、あの吉川《よしかわ》先生がおつけたのじゃがなもし』
『そのマドンナがふたしかなんですかい』
『そのマドンナさんがふたしかなマドンナさんでな、もし』」（同書）

坊っちゃんの東京弁と「ぞなもし」「じゃがなもし」という松山弁とのやりとりだけでも面白いものです。子どもたちでも、「そのマドンナさんがふたしかなマドンナさんでな、もし」という言い方のところで笑い出します。

『坊っちゃん』は作品世界が**起承転結**できちんとまとまっています。

生い立ちからはじまって、松山に行って、赤シャツやマドンナなどが出てきて、いろんな事件があって、最後は「山嵐」と二人で「野だいこ」

と「赤シャツ」をぶん殴って、「その夜おれと山嵐はこの不浄《ふじょう》な地を離《はな》れた。船が岸を去れば去るほどいい心持ちがした」（同書）というように、松山を出ます。

勧善懲悪《かんぜんちょうあく》スタイルですが、じつは自分が負けて帰るわけです。このあたりには、テーマの深さがあって、考えようと思えばいろいろな読み方ができます。

そうでありながら長すぎないという点でもなかなか貴重です。『坊っちゃん』を読んだ子どもたちが興奮して、漱石の作品を「もっと読みたい」と言うのですが、そのときに、残念ながら挙げることができる作品がないのです。

たしかに『吾輩は猫である』も面白いのですが、風刺的な側面や文明論なども入っていて子どもたちには、ちょっとむずかしいところがあります。私は、『吾輩は猫である』を思いきって幼児絵本に編集しましたが、複雑な所は全部省いて、猫の視点の面白さに限定しなければなりませんでした。

私としては『坊っちゃん』のような作品を、漱石ほどに知性、教養のある人に書き続けてほしかった。そうするともっと本を読む子どもたち、日本人が増えたのにとつくづく思います。

学べるポイント

① 自分の心が感じる「愉快」を信じる

② 自分にあった教育スタイルで若者に接する

③ ユーモアの大事さを忘れない

漱石山房

第3章

漱石の考え方

現代人の生き方と悩みのルーツ

01

勉強すれば自由になれる！

少年時代の漱石は漢学が好きで、英語が大嫌いでした。英語を勉強するために予備校へ通ったほどです。そのうえせっかく入学した大学予備門《よびもん》（後の第一高等学校）では病気のせいもあって落第し、追試も受けることができませんでした。そのとき漱石は、自分が人に信用されていないから不自由に生きなければならないし、学校でも社会でも認められないのではないかと考えました。ではどうすればよいのでしょうか。

「信用を得るためには、どうしても勉強する必要がある」（「落第」／『漱石全集』第二十一巻／岩波書店）

漱石は、勉強によって自分の将来の自由度が広がることに気がつきました。そして苦手な英語や数学を克服し、進路選択のときに理系を期待されるほどの自由と自信を獲得したのです。この経験が、後の職業作家としての基盤にもなっています。

02

友情のヒケツは直球勝負！

近代日本を代表する知識人の夏目漱石と、俳句や短歌によって日本の伝統文化を革新《かくしん》した正岡子規《まさおかしき》。二人の天才の交流は、共通の趣味だった落語を通して二二歳の頃から始まります。彼らは芸術観から進路、恋愛まで腹を割って語り合い、その友情は、子規の早すぎる死（一九〇二年）まで途絶《とだ》えることなく続きました。

「大兄の御《お》考えで小生が悪いと思うことあらば遠慮なく指摘してくれ玉《たま》え。これ交友の道なり。風刺嘲罵《ふうしちょうば》は小生の尤癪《もっともしゃく》にさわる処《ところ》、単刀直入の説法《せっぽう》なら喜んで受納可致候《じゅのういたすべくそうろう》」（「一八九五年一二月、正岡子規あて書簡」／『漱石・子規往復書簡集』／岩波文庫）

近代日本の青春期と自分たちの青春時代が重なる二人は、何ごとも本音で語り合うことで、お互いを近代文学の最高峰にまで高めていったのです。

03

悩み抜き、自分でつかんだ考えこそ真実

二〇世紀初めの英国で、約二年にわたって官費《かんぴ》留学した漱石。そこで彼は重要なことに気がつきました。幼い頃から親しんだ漢籍《かんせき》の「文学」と、研究テーマである英文学の「文学」とが、根本的に異なるのではないかという疑問です。

「この時私は始めて文学とはどんなものであるか、その概念《がいねん》を根本的に自力《じりき》で作り上げるより外《ほか》に、私を救う途《みち》はないのだと悟《さと》ったのです」（『私の個人主義』／岩波文庫）

漱石はこの問題を、西洋と東洋の文化的温度差にまで突き詰めて考えました。あげくに発狂したと噂され、帰国します。『吾輩《わがはい》は猫である』や『坊っちゃん』はそんな漱石が考え抜いた末に発明した、西洋の借り物ではないオリジナルな表現なのです。

04

自分の道を信じて進歩し続ける

『吾輩は猫である』で小説家としてデビューしてからというもの、漱石は小説を書くことに命がけでした。活動期間わずか一〇年のあいだに残した作品に、失敗作や凡作がほとんどない、という事実からもそれはうかがえます。そんな彼も二〇代には、読み返すと恥ずかしいような習作《しゅうさく》を書いていたそうです。

「勿論《もちろん》今でも御覧の通りのものしか出来ぬが、しかし当時からくらべるとよほど進歩したものだ。それだから僕は死ぬまで進歩するつもりでいる」（「一九〇六年二月、森田草平あて書簡」／『漱石書簡集』／岩波文庫）

自分の芸術的良心にのみ忠実に、知性をフル回転させて作品と向き合っていたからこそ、絶筆『明暗』までの全作品が、すばらしい完成度を誇っているのです。

05

個人主義は自分勝手なエゴではない

猫の視点で人間を客観的に見るデビュー作はもちろん、漱石の作品に登場する主人公たちは、神経質なくらい他人の目を気にしています。しばしば不倫や三角関係をテーマとするためでもありますが、どうやって自分以外の人間とつきあうか、どうやって自分の個性や自分らしさを他人に認めてもらうかが作品のモチーフとなっています。

「自分がそれだけの個性を尊重し得るように、社会から許されるならば、他人に対してもその個性を認めて、彼らの傾向を尊重するのが理の当然になってくるでしょう」（『私の個人主義』）

自分が個性的であるということは、自分以外の人もまた個性的であることを認め、受け入れることが必須《ひっす》です。その点で漱石は徹底的なリベラリストでした。

06

仕事の価値は一〇〇年後に決まる

漱石は自分の仕事の価値を、けっして目先の利益のためだけに求めたりしない作家でした。朝日新聞社入社の際に高額な給料を求めたことも、単なるビジネスライクな態度ではありません。作品が一時の流行や評判などに左右されることから守り、優れた作品を着実に書き続けるには、一定の生活保障が必要だったのです。

「功業《こうぎょう》は百歳の後に価値が定まる」（一九〇六年一〇月、森田草平あて書簡）／『漱石書簡集』

よく、死んではじめてその人の評価が定まるといいますが、まさに漱石はそういう考えの持ち主でした。ひたすら全力で邁進《まいしん》することによって達成できた仕事は、時代を超えて読者を獲得し続けるものだと、漱石は確信していました。それが一〇〇年後のいま、実現しているのです。

07

権力者におもねることはできない

ときの総理大臣・西園寺公望《さいおんじきんもち》が神田の自宅に森鷗外《おうがい》、幸田露伴《ろはん》、島崎藤村、国木田独歩《どっぽ》、田山花袋《かたい》といった流行作家を招いて、雨声会《うせいかい》というパーティーを企画しました。この会に招かれた漱石は『虞美人草《ぐびじんそう》』連載中で多忙だったこともあり、家族の心配をよそに、ハガキに断りの一句を書いて投函しました。

「時鳥《ほととぎす》厠半《かわやなか》ばに出かねたり」（『漱石全集』第十二巻／岩波書店）

大学教師の職を捨てた後も在野《ざいや》を貫き通した漱石は、権力者に近づいて人気を得るような「曲学阿世《きょくがくあせい》の徒」には、決してなろうとしませんでした。その後に返礼として作家の側が西園寺公望を招いた第二回目の会のときには、すでに『虞美人草』の連載は終わっていましたが、漱石は出席せずに表現者としての節《せつ》を貫いたのです。

08

牛になりなさい！

人気作家となってからは、漱石の自宅に連日ファンが訪れるようになりました。そこで彼は毎週木曜を面会日と決めて、若い才能と積極的に交流できるように自室を開放しました。後に漱石山脈と名づけられるグループの誕生です。とりわけ晩年の漱石が賞賛したひとりが、芥川龍之介です。芥川は短編『鼻』が漱石に激賞されて文壇デビューを果たしました。

「牛になることはどうしても必要です。（中略）**世の中は根気の前に頭を下げることを知っていますが、火花の前には一瞬の記憶しか与えてくれません」**（「一九一六年八月、芥川龍之介、久米正雄あて書簡」／『漱石書簡集』）

漱石にとって小説家とは、牛のように地道に、辛抱《しんぼう》強く人の道を行くものだったのです。

09

私の主義は誰にも変えられない

病気療養中の漱石のもとへ、文部省から文学博士号の学位授与を伝える通知が届きました。この当時の博士ともなれば、現代の博士号や修士号などとは比べものにならないくらい貴重なものだったのですが、漱石はそれを辞退してしまいます。ところが文部省もメンツにかけて授与させようとしたために事態はこじれました。博士号の濫《らん》発《ぱつ》は学問を特権化させるだけだ、自分の意志に反してまで博士になんかなりたくないと、漱石は新聞紙上に経緯を公開し、激しく反論したのです。

「余《よ》（私）の博士を辞退したのは徹頭徹尾《てっとうてつび》主義の問題である」（「博士問題の成行」／『漱石文明論集』／岩波文庫）

自分の生き方に土足で踏み込んでくるものに対しては、権威であろうと容赦《ようしゃ》なく刃向かうところなど、『坊っちゃん』のような江戸っ子気質《かたぎ》な一面があったのです。

第4章

漱石の作品を楽しむ

現代に通じる奥深さを読む

齋藤孝の読み方

漱石のここが面白い！

人間味あふれる漱石

漱石の人となりを表すエピソードが『硝子戸の中』にあります。漱石のもとにある女性が訪ねてきます。彼女はかなり苦しい人生を歩んできた人で、漱石にその話をします。そして漱石に「もし先生が小説をお書きになる場合には、その女の始末をどうなさいますか」と聞くのです。

つまり自分のような人間は死んだほうがいいんじゃないでしょうかという問いかけです。漱石は、そこではっきりと答えず、夜になって女性が帰るのを送ります。そこで名場面です。

次の曲がり角に来たとき女は「先生に送って頂くのは光栄で御座《ござ》います」とまた言った。私は「本当に光栄と思いますか」と真面目《まじめ》に尋ねた。女は簡単に「思います」とはっきり答えた。私は**「そんなら死なずに生きていらっしゃい」**といった。

人間のギリギリの気持ちを受け止めて、こんな言葉を返せる人はなかなかいません。そこには人間への深い洞察力を持ち、人と誠実に接しようとした漱石の姿があります。漱石は人間の弱さを見つめ続けた作家です。特に、**「男の弱さ」**を見事に描ききっていることが、漱石作品の大きな魅力になっています。

「ビビリ癖」がある登場人物たち

漱石はいかに男が頼りない存在であるかを描き続けました。たとえば、『三四郎』です。これは典型的な青春小説の形をとっていて、地方から上京した若者が、女性に翻弄《ほんろう》されたりしながら成長していく姿を描いています。主人公の三四郎には、ひどい**「ビビリ癖」**があります。

『三四郎』（新潮文庫）の冒頭です。三四郎が上京するとき、行きずりの女性に誘われて旅館で同じ部屋に泊まることになります。経験がある男なら、そこで関係を持ってしまう成り行きでしょう。しかし三四郎は煮え切らない。踏み込めないいんです。そして夜が明け、二人は別れます。

> 三四郎は革鞄《かわかばん》と傘《かさ》を片手に持ったまま、空《あ》いた手で例の古帽子を取って、只一言《ただひとこと》、「さよなら」と云った。女はその顔を凝《じっ》と眺めていた、が、やがて落付いた調子で、「あなたは余っ程度胸のない方ですね」と云って、にやりと笑った。（中略）

別れ際にあなたは度胸のない方だと云われた時には、喫驚《びっくり》した。二十三年の弱点が一度に露見《ろけん》した様な心持ちであった。親でもああ旨《うま》く言い中《あ》てるものではない。……

漱石は**「腹の中」**小説家です。口で言うことと、こころの中、腹の中が違っていて、おなかの中にいろいろ貯まっている、という腹です。同じハラでも、「臍下丹田《せいかたんでん》」に肝《きも》が座っているという肚《はら》ではありません。

もし漱石が、武士道をわきまえた肚のすわった成熟した男性を描いていたら漱石文学にこれほどの魅力はなかったでしょう。漱石は三四郎のような青年だけではなく、中年や老年期の男の不完全さを描き切っています。

弱さをごまかさない漱石

『三四郎』とともに青春小説三部作として位置づけられる『それから』『門』という小説の主人公たちも、年を取ってはいますが、「ビビリ癖」は変わりません。

『それから』(新潮文庫)の主人公代助はいい大人ですが、親の援助で食べていて働いていません。そして、かつて愛した女性・三千代が他人の妻になっているのに、欲しくなって告白してしまうのです。三千代は動揺しますが、やがて覚悟を決めます。

三千代は不意に顔を上げた。その顔には今見た不安も苦痛も殆《ほとん》ど消えていた。涙さえ大抵《たいてい》は乾いた。頬《ほお》の色は固《もと》より蒼かったが、唇は確《しか》として、動く気色《けしき》はなかった。その間から、低くて重い言葉が、繋がらない様に、一字ずつ出た。
「仕様《しよう》がない。覚悟を極《き》めましょう」
代助は背中から水を被《かぶ》った様に顫《ふる》えた。

自分から言っておいて何でお前が震えるんだ、とつっこみたくなるような男です。ラストで代助は、たまたま目に入った郵便ポストの赤い色がくるくる回って、世界までくるくる回るように感じ、めまいの中で終わっている。見事に肚の据《す》わらないヤツです。

男は、心の中ではみんな、「優柔不断でふらふらしてるな俺」「女はなんであんなに度胸が据わってるんだ。不思議なもんだな女は」と思っています。その思いが漱石の中にもあります。

漱石の自伝的小説と言われている『道草』に出てくる夫婦。この夫婦は、お互いに腹の中のことを言いません。でも実は、奥さんのほうは旦那《だんな》の腹の底まで見透《みす》かしています。そういう状況なら、旦那も全部をあけっぴろげに話せばいいのに、沽券《こけん》にかかわるという、明治の人らしい**「男イメージ」**に囚《とら》われて、まだ腹の中と違うことを言うんです。

漱石は、明治の男らしさなど信用していませんでした。だいたい、自分自身が、癇癪《かんしゃく》を起こしたり、神経衰弱になったりと、とても強いとは思えませんでした。

ただ、当時の男性は、日本の近代化を支えねばならないという大きな課題を背負っていたのはたしかです。**背負う荷物の重さと、内面の弱さのギャップ**が、漱石の胃のところでギシギシと音をたててせめぎあっていました。弱さをごまかすことも、眼を逸《そ》らすこともしなかった漱石だから、現代でもみんなが共感できるのです。

女性への気後れ感覚

「夢十夜」(『文鳥・夢十夜』/新潮文庫)という面白い作品があります。これは小学生も大好きです。小学生たちが大笑いする、こんなくだりがあります。

> 女は静かな声で、もう死にますと判然《はっきり》云《い》った。自分も確かにこれは死ぬなと思った。そこで、そうかね、もう死ぬのかね、と上から覗《のぞ》き込む様にして聞いてみた。(中略)ねんごろに枕の傍《そば》に口を付けて、死ぬんじゃ無かろうね、大丈夫だろうねと、又聞き返した。すると女は黒い眼を眠そうに睜《みはっ》たまま、やっぱり静かな声で、でも死ぬんですもの、仕方がないわと云った。(中略)女は静かな調子を一段張り上げて、「百年待っていて下さい」と思い切った声で云った。

女がきっぱりしているのに、男は事態を受け入れられないでいます。もうひとつ。

庄太郎が女に攫《さら》われてから七日目の晩にふらりと帰ってきて、急に熱が出てどっと床に就いていると云って健さんが知らせに来た。（中略）

すると女が、もし思い切って飛び込まなければ豚に舐《な》められますが好《よ》う御座《ござ》んすかと聞いた。

「豚に舐められますが好う御座んすか」なんて文章を書いた作家はいないでしょうね。それに、やっぱり**女性に対する気後《きおく》れ感**があります。男もやっぱりだらしない。

『こころ』（新潮文庫）にでてくる「先生」もそうなんです。大変頭のいい人なんですが、筋違《すじちが》いなことばかりしてしまう。あの人はその頭のよさをちゃんとしたことに使えばいいんですが、結局友人のKを陥《おとしい》れて、自殺させてしまう。

先生とKは同じ娘さんを好きになります。アプローチはKが先でした。でも「お前には向上心がないのか」なんていう**筋違いな説教をして**Kを追い落とし、自分が彼女と結婚、Kは自殺します。先生が苦しんでいるのは、そのことを奥さんに知られたくない、それだけです。

私は妻には何も知らせたくないのです。妻が己れの過去に対してもつ記憶を、なるべく純白に保存して置《お》いて遣《や》りたいのが私の唯一の希望なのですから、私が死んだ後でも、妻が生きている以上はあなた限りに打ち明けられた私の秘密として、凡《すべ》てを腹の中にしまって置いて下さい。

おそらくKのことを話しても、奥さんとは、許し合えたのではないかと思うのですが、それをしないで、自分が引き受けて死ぬようなことを言っています。

これははっきり言って勘違いです。女性のほうが精神的に強いのに、自分が背負おうとする。だけどそれほど強くないから自殺の道を選ぶわけです。

先生は乃木希典《のぎまれすけ》という、日露戦争で旅順を攻略したものの、批判を受けた司令官が、明治天皇に殉死《じゅんし》することに共感を覚えています。乃木さんは言いたいことがたくさんあったはずなのに、それをずっと貯め込んで貯め込んで、抱えてこらえて潔く死んだことに先生は共感します。

しかし、それが強いのか、といえば違います。それは**男の弱さをカバーするための「型」**のようなものなのです。

弱さで繋がる男たち

私が『こころ』で好きな場面は次のところです。漱石の作品には社会から身を引いている主人公が多いのですが、先生もその一人です。その身を引いている先生が、いよいよ自殺を決心して、ただひとり「私」に、なぜ自分がそんな風に生きたのかを手紙で語ります。

その極《きょく》あなたは私の過去を絵巻物《えまきもの》のように、あなたの前に展開してくれと逼《せま》った。私はその時心のうちで、始めて貴方を尊敬した。あなたが無遠慮に私の腹の中から、或《ある》生きたものを捕《つら》まえようという決心を見せたからです。私の心臓を立ち割って、温かく流れる血潮《ちしお》を啜《すす》ろうとしたからです。（中略）私は今自分で自分の心臓を破って、その血をあなたの顔に浴《あび》せかけようとしているのです。私の鼓動が停《とま》った時、あなたの胸に新らしい命が宿る事が出来るなら満足です。

すごいですね。**弱い男同士の間で命のリレー**が交わされています。彼らは弱さで繋がっているのです。その切なさがたまらないのです。漱石の弱さへの深い理解と、それから逃げなかった努力を感じると、また読書が楽しくなるでしょう。

原文で読む漱石①

『三四郎』（一九〇九年＝明治四二年）

すると髭《ひげ》の男は、「御互は憐《あわ》れだなあ」と云い出した。「こんな顔をして、こんなに弱っていては、いくら日露戦争に勝って、一等国になっても駄目ですね。もっとも建物を見ても、庭園を見ても、いずれも顔相応のところだが、――あなたは東京がはじめてなら、まだ富士山を見た事がないでしょう。今に見えるから御覧なさい。あれが日本一の名物だ。あれより外に自慢するものは何もない。ところがその富士山は天然自然に昔からあったものなんだから仕方がない。我々がこしらえたものじゃない」と云ってまたにやにや笑っている。**三四郎は日露戦争以後こんな人間に出逢うとは思いも寄らなかった。**どうも日本人じゃない様な気がする。

「然《しか》しこれからは日本もだんだん発展するでしょう」と弁護した。すると、かの男は、すましたもので、

「亡《ほろ》びるね」と云った。――熊本でこんなことを口に出せば、すぐ擲《な》ぐられる。わるくすると国賊《こくぞく》取《とり》扱《あつかい》にされる。三四郎は頭の中の何処《どこ》の隅にもこう云う思想を入れる余裕はない様な空気

の裡《うち》で生長した。だからことによると自分の年齢《とし》の若いのに乗じて、他《ひと》を愚弄《ぐろう》するのではなかろうかとも考えた。（中略）

　すると男が、こう云った。

「熊本より東京は広い。東京より日本は広い。日本より……」で一寸《ちょっと》切ったが、三四郎の顔を見ると耳を傾けている。

「日本より頭の中の方が広いでしょう」と云った。「囚《とら》われちゃ駄目だ。いくら日本の為を思ったって贔屓《ひいき》の引倒しになるばかりだ」

　この言葉を聞いた時、**三四郎は真実に熊本を出た様な心持がした。**同時に熊本にいた時の自分は非常に卑怯《ひきょう》であったと悟った。

読み方のポイント

熊本から上京する主人公が、汽車の中ではじめて故郷以外の人やその考え方にふれる場面です。「国民」「国家」という考え方がようやく民衆に浸透してきたこの時代に、新しい知識を吸収していこうとする青年の姿がここに描かれています。

原文で読む漱石②
『行人』（一九一二年＝明治四五年）

「それでは打ち明けるが、**実は直（兄の妻）の節操《せっそう》を御前《おまえ》に試してもらいたい**のだ」

自分は「節操を試す」という言葉を聞いた時、本当に驚いた。当人から驚くなという注意が二遍あったにかかわらず、非常に驚いた。ただあっけに取られて、呆然としていた。

「何故今になってそんな顔をするんだ」と兄が云った。

自分は兄の眼に映じた自分の顔をいかにも情なく感ぜざるを得なかった。まるでこの間の会見とは兄弟地を換えて立ったとしか思えなかった。それで急に気を取り直した。

「姉さんの節操を試すなんて、——そんな事は廃《よ》した方が好いでしょう」

「何故」

「何故って、あんまり馬鹿らしいじゃありませんか」

「何が馬鹿らしい」

「馬鹿らしかないかも知れないが、必要がないじゃありませんか」

「必要があるから頼むんだ」

自分はしばらく黙っていた。広い境内には参詣人《さんけいにん》の影も見えないので、四辺《あたり》は存外静《ぞんがいしずか》であった。自分はそこいらを見廻して、最後に我々二人の淋しい姿をその一隅に見出した時、薄気味の悪い心持がした。

「試すって、どうすれば試されるんです」

「御前と直が二人で和歌山へ行って一晩泊ってくれれば好いんだ」

「下らない」と自分は一口に退《しり》ぞけた。すると今度は兄が黙った。自分は固《もと》より無言であった。海に射《て》りつける落日の光がしだいに薄くなりつつなお名残の熱を薄赤く遠い彼方に棚引《たなび》かしていた。

読み方のポイント

情報ツールが発達した現代でもわからないのが人間心理です。兄は自分の妻が本当は実弟を愛しているのではないかと疑って、二人を試そうとします。この作品『行人』は、身近な相手の気持ちがわからなくて不安になる心理が活写されています。

夏目漱石の主要作品リスト

【長編小説】

◇『吾輩は猫である』（1905〜06）
◇『坊っちゃん』（1906）
◇『草　枕』（1906）
◇『虞美人草』（1907）
◇『三四郎』（1908）
◇『それから』（1909）
◇『門』（1910）
◇『彼岸過迄』（1912）
◇『行　人』（1912）
◇『こころ』（1914）
◇『道　草』（1915）
◇『明　暗』（1916）

『虞美人草』

『三四郎』

『彼岸過迄』

【その他の作品】

『倫敦塔』（短編）（1905）
『趣味の遺伝』（短編）（1906）
『二百十日』（中編）（1906）
『文学論』（批評）（1907）
『坑夫』（中編）（1908）
『夢十夜』（短編）（1908）
『文学評論』（批評）（1909）
『満韓ところどころ』（紀行）（1909）

第5章

エピソードでわかる漱石

明治の文豪は実際こんな人でした

里子に出されたり転籍したり

金之助
（漱石）

夏目小兵衛直克
ちゑ

養父母
塩原昌之助・やす

恩師・前任者

◆東京帝大
フォン・ケーベル（哲学者）
小泉八雲（『怪談』など）

同僚・教え子

◆松山時代
弘中又一
（『坊っちゃん』のモデル）
片上伸（評論家）
桜井忠温（軍人、作家）

近親者だけが知りえる秘密も

◆家族・親族
夏目鏡子（妻）
夏目伸六（次男、随筆家）
夏目房之介（孫）
半藤一利（義理の孫、作家）

無二の親友

ライバル・職業意識

◆同時代の作家たち
森鷗外（『舞姫』など）
石川啄木（『一握の砂』など）
内田魯庵（翻訳『罪と罰』など）
島崎藤村（『破戒』など）
泉鏡花（『高野聖』など）
二葉亭四迷（『浮雲』など）

正岡子規
（1867—1902）
俳句・短歌の革新者

SOSEKI relations >>>

天才漱石 人間模様

◆友人

中村是公（満鉄総裁）
芳賀矢一（国文学者）
菅虎雄（一高教授）
狩野亨吉（東京帝大教授）
池田菊苗（「味の素」を発明）

青春時代から晩年まで

時代を超えて脈々と…

◆漱石山脈

森田草平（『煤煙』など）
小宮豊隆（文芸評論家）
高浜虚子（俳人）
和辻哲郎（哲学者）
寺田寅彦（エッセイスト・物理学者）
鈴木三重吉（児童文学者）
松根東洋城（俳人）
野上弥生子（『迷路』など）
内田百閒（『ノラや』など）
中勘助（『銀の匙』など）

【新思潮グループ】

松岡譲（漱石の娘婿）
芥川龍之介（『羅生門』など）
久米正雄（『破船』など）

【白樺派】

武者小路実篤（『友情』など）
志賀直哉（『暗夜行路』など）

夏目鏡子

これが私たちの新婚生活「オタンチンノパレオラガス!?」

私は昔から朝寝坊《ねぼう》で、夜はいくらおそくてもいいのですが、朝早く起こされると、どうも頭が痛くて一日じゅうぼおっとしているという困った質《たち》でした。（中略）そこでこれではならないというので、枕もとの柱に八角時計をもって来てねていますと、チンと半時間打つたびに驚いて起きあがったりする滑稽《こっけい》を演じなどして、結局眠り不足と気疲れとで、ほんとにしばらくの間ぼんやりとしていました。自然やることなすことにへまが多いのでしょう。

「おまえはオタンチンノパレオラガスだよ」

そんなふうにからかうように申します。オタンチンノパレオラガス。どうもむずかしい英語だ。どうせおまえはとんまだよといった意味なんだろうとは察しましたが、はっきりしたわけがわからない。向こうではおもしろがって、なにかというとしきりにオタンチンノパレオラガスを浴びせかけます。(中略) しかし誰あって笑ってばかりいてわけを教えてくださる方がありませんでした。オタンチンノパレオラガスという言葉は、そんなことを言われなくたって後々までも、**妙に思い出の深い言葉となって頭に残っておりました。**

そのころから**いっしょに連れ立ってでると、生徒にみられていやだ**と申しまして、いっしょに散歩や買い物にでたことはまずありませんでした。

こうして私たちの生活が始まりました。夏目が三十歳、私が二十歳でありました。

(『漱石の思い出』/文春文庫)

夏目鏡子(一八七七〜一九六三)

漱石の妻。広島県出身で、貴族院書記官長の中根重一・豁子夫妻の長女。漱石との間に2男5女をもうけました。

和辻哲郎

知的サロンの主《あるじ》として「非常に暖かい感じを受けた」

木曜会で接した漱石は、**良識に富んだ、穏やかな、円熟した紳士**であった。癇癪《かんしゃく》を起こしたり、気ちがいじみたようなことをするようなところは、全然見えなかった。諧謔《かいぎゃく》で相手の言い草をひっくり返すというような機鋒《きほう》はなかなか鋭かったが、しかし、相手の痛いところへ突き込んで行くというような、辛辣《しんらつ》なところは少しもなかった。むしろ相手の心持ちをいたわり、痛いところを避けるような心づかいを、行き届いてする人であった。だから私たちは非常に暖かい感じを受けた。しかし漱石は、そういう心持ちや心づかいを言葉に現わしてくどくどと述べ合うというようなことは、非常にきらいであったように思われる。手紙ではそういうこともどしどし書くし、また人からもそういう手紙を盛んに受け取ったであろうが、面と向かって話し合うときには、できるだけ淡泊に、感情をあらわに現わさずに、**互いに相手の心持ちを察し合って黙々**

のうちに理解し合うことを望んでいたように見えた。（中略）

そういう漱石が、毎週自分のところに集まってくる（中略）連中の敬愛にこたえ、それぞれに暖かい感じを与えていたということは、並み並みならぬ精力の消費であったはずである。（中略）客が十人も来れば台所の方では相当に手がかかる。しかし客と応対する主人の精神的な働きもそれに劣るものではない。（中略）**日本で珍しいサロンを十年以上開き続けていた**ということは、決して犠牲なしに行われ得たことではなかった。漱石は多くの若い連中に対してほとんど父親のような役目をつとめ尽くしたが、その代わり自分の子供たちからはほとんど父親としては迎えられなかった。これは**家庭の悲劇**である。漱石のサロンにはこの悲劇の裏打ちがあったのである。

（「漱石の人物」／『和辻哲郎随筆集』／岩波文庫）

和辻哲郎（一八八九～一九六〇）
哲学者、倫理学者。『風土』『古寺巡礼』などで日本文化について深い知見を示しました。

芥川龍之介

不肖の弟子による思い出
「先生を中心に夜を更《ふ》かし」

大正四五年の頃《ころ》私達、私や久米（正雄）君、松岡（譲）君、今、東北帝大の先生をしている小宮豊隆先生、野上臼川先生などよく夏目先生の宅に出入りしました。と言っても一週一回、木曜日の夜に寄ることにしていましたが、木曜会とは誰が名づけたものかはっきりしません。先生のお宅は玄関の次ぎが居間で、その次ぎが客間で、その奥に先生の書斎があるのですが、書斎は畳なしで、板の上に絨氈（じゅうたんのこと）を敷いた十畳位の室で、先生はその絨氈の上に座布団を敷き机に向って原稿を書いて居られた。その書斎は先生の自慢の一つであって、ある時こう言われたことがある。「先達《せんだって》、京都の茶室をたくさん見て来たが、**あんな茶室より、俺の書斎の方がずっと雄大で立派だ……**」（中略）

その書斎で私達は先生を中心に夜を更《ふ》かしたものです。「もう遅いから帰りたまえ」と先生に注意されてはじめて座をたつという有様《ありさま》でした。

(中略)

木曜会では色々な議論が出ました。小宮先生などは、先生に喰《く》ってかかることが多く、私達若いものは、はらはらしたものです。(中略)小宮さんが言うには「先生は僕達の喰ってかかるのを一手に引受け、**はじめは軽くあしらっておき、最後に猪が兎を蹴散らすように、僕達をやっつけるのが得意**なんだよ、あれを享楽しているんだから、君達もどんどんやりたまえ」……というので、それから私達もちょいちょい先生に喰ってかかるようになりました。

(「漱石先生の話」/『漱石全集』別巻/岩波書店)

芥川龍之介(一八九二〜一九二七)

大正期を代表する作家。「鼻」が漱石の激賞を受けてデビューしました。鋭敏な感性と知性あふれる作品が今も人気です。

吉本隆明

日本近代のふたつの面を象徴 「明治以降、ただ一人の作家」

健全な漱石、あるいは、明るい漱石、国民的な作家漱石は生活の表面に出てきて、知識の隣人や血縁に誠実さを披瀝《ひれき》している漱石です。漱石には暗い漱石、病気の漱石があります。それは宿命と葛藤《かっとう》する漱石です。この宿命の側にある漱石は、『夢十夜』の漱石でありますし、もっと実生活上でいえば、赤ん坊のときに、四谷《よつや》の古道具屋さんに預けられて夜店の店先に、籠に入れられて店晒《たなざら》しになっていた漱石です。この宿命の漱石が、どこまで行けたか、あるいは、宿命に抗《あらが》うために、どれだけ刻苦《こっく》努力して、気違いじみたところまで頑張ったか。その頑張り方は、日本の社会が、いろいろな文句をいわれながら、**明治以降やってきた、えげつない面とよく頑張った面を象徴**しています。そこには、反発も肯定もあったように、その日本社会の頑張り方と、漱石の頑張り方は似ており、そのために漱石はいまだによく読まれますし、また国民的作家ということになっているとおもいます。

明治以降、ただ一人の作家をといわれれば、漱石を挙げる以外にないとおもえます。それから、一人の思想家をといえば、柳田国男を挙げるより仕方がない。この二人の仕方なさというのは、いろいろな刺戟《しげき》をはらんだ仕方のなさですし、また、この二人だったら、どこへもっていっても通用するということでもあります。

（『夏目漱石を読む』／筑摩書房）

吉本隆明（一九二四〜　）

現代を代表する詩人、思想家。『擬制の終焉』『共同幻想論』などで戦後社会に衝撃を与えました。作家・よしもとばななの父。

江藤 淳

近代とは現代に生きる人びとの問題

「漱石は私たちの同時代人」

漱石はしかし、おもに自然主義の作家によって主張され、その後継《こうけい》者《しゃ》であるさまざまな流派の作家によっていまだに信じられている思潮《しちょう》――近代は実現されるべきものであり、そして近代は、人間を幸福にする時代である。個人は確立されるべきであり、自我は主張されるべきであるという思想に、ただ一人で、ほとんどただ一人で反対を唱えていた。

（中略）

近代というものはなにもプラスばかりではない。物質的にはプラスかもしれないけれど、精神の問題、魂の問題では、多くの非常に危険なマイナスを含んでいる。しかし、われわれはそれを上手に避けることなどできはしない。そのマイナスをすべて引き受ける以外にない。そして引き受けた上で生きていかなければならない。それが**ほんとうに現代に**

生きているわれわれの問題なんだぞということを、漱石はその全集の中で、その存在によってわれわれに今日なお語り続けている。漱石がなぜこんなに読まれるか。漱石についての講演というとなぜこれほど熱心な人々が集まるかというと、それは結局、**漱石以外のどの作家もこの焦眉《しょうび》の問題をわれわれと一緒に生きようとはしてくれないから**です。われわれはそういう現代作家を求めてはいる。しかし、われわれは**現在の流行思想や現在の流行作家のなかに漱石のそれに匹敵するような声を聞くことができない**。だから私たちは漱石を読むのです。

（『決定版 夏目漱石』／新潮文庫）

江藤 淳（一九三二～一九九九）

二三歳のとき、『夏目漱石』で批評家としてデビュー。代表作に『漱石とその時代』『成熟と喪失』などがあります。

夏目房之介

現代なら一流のコピーライター
「戦後大衆には歯がたたない!?」

〈吾輩は猫である。名前はまだない。〉という冒頭《ぼうとう》は、有名である。何しろ、出だしのうまい作家なのだ。

他の小説タイトルにしても、ちょっとしたいい回しも、**今ならコピーライターとして一流ではないか**と思うほど、言葉選びのセンスには感心する。

（中略）

漱石は「国民作家」などといわれるが、基本的に彼の小説は知識人小説である。戦後大衆の歯がたたないのが、じつは当たり前なのだ。

そもそも『猫』は、ホトトギス同人の間で音読されている。つまり、聞き手＝読者は知識人で、当時のエリート階層《かいそう》の知的共同体で共有《きょうゆう》されるものとして書かれたのだ。漢籍《かんせき》的ないいまわしも、音で聞いて理解できる階層（前近代の習慣だった本の音読、「四書五経《ししょごきょう》」の素読《そどく》を体験している人々）相手に成り立つ娯楽だったはずだ。

が、『坊っちゃん』同様、**リズムのいい会話や文体の調子には現在の僕らにとっても「気持ちよさ」があって、そこにシンクロできれば楽しい読み物となる。**

教養の差はあっても、東京者の軽口たたきあいの快感、あるいはちょっと知的なバカ話、与太話《よたばなし》の醍醐味《だいごみ》は同じものがある。古典的な教養への憧《あこが》れが、その背中を押しているにしても。

（『孫が読む漱石』／実業之日本社）

夏目房之介（一九五〇～　）
マンガコラムニスト、マンガ評論家。漱石は祖父にあたります。『手塚治虫はどこにいる』『漱石の孫』など著書多数。

コミック『こころ』

夏目漱石（原作）・榎本ナリコ／小学館

舞台を現代に移して大胆に再解釈された『こころ』。榎本ナリコが登場人物の繊細なこころの動きを、くっきりと描き出しています。

コミック『「坊《ぼ》っちゃん」の時代』

関川夏央・谷口ジロー／双葉文庫　全5巻

綿密な時代考証によって、現代に浮かびあがる「明治」。漱石、鷗外から幸徳秋水まで、明治の群像を活写した傑作劇画です。

小説『続 明暗』

水村美苗／新潮文庫

漱石の死によって未完のままに終わった『明暗』の続編。誰にも不可能と思われたこの作業が、漱石そのままの文体で実現しています。

漱石の作品は各社文庫や全集で容易に読むことができますが、
ここでは多彩な表現で味わえる「漱石」をご紹介します。

SOSEKI books >>>

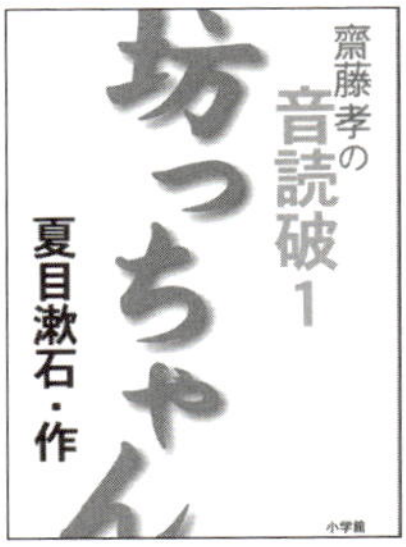

音読『坊《ぼ》っちゃん 齋藤孝の音読破1』

夏目漱石（作）・齋藤 孝（編）／小学館

本文でも触れましたが、『坊っちゃん』は音読で読破するのに最適。本書は音読用にルビや大活字を用いるなど、読みやすさに工夫しました。

絵本『吾輩は猫である』

夏目漱石（文）・武田美穂（絵）・齋藤 孝（編）／ほるぷ出版

猫の世界の面白さがよく出ているところを抜粋しました。楽しい絵を見ながら声に出して読むのにぴったりな絵本です。

DVD『それから』

森田芳光（監督）・松田優作、藤谷美和子（主演）／東映

今は亡き名優・松田優作が悩める主人公を演じて好評だった映画版『それから』(1985)。時代考証にもこだわった森田監督の代表作です。写真は劇場用パンフレット表紙

五感で知る漱石
天才をもっとよく知るために

『夏目漱石と明治日本
――日本人に最も
愛された作家と
その時代』
文藝春秋特別版

70人を超える現代の論客による漱石論集。漱石の現代的な意味がはっきりします。

『「漱石」がわかる。』
アエラムック
朝日新聞社

文学研究者が漱石をどのように論じているのかを知るには、うってつけの入門書。

『夏目家の糠みそ』
半藤末利子
ＰＨＰ文庫

漱石の孫娘によるエッセイ集。祖父漱石や祖母鏡子の素顔などが描かれています。

『漱石の孫』
夏目房之介
新潮文庫

マンガ批評家の著者が、「漱石の孫」として祖父と向き合ったロンドン見聞録。

『闊歩する漱石』
丸谷才一
講談社文庫

英文学者でもある著者が、漱石の初期作品をモダニズムの文脈でとらえた漱石論。

『夏目漱石』
森田草平
筑摩叢書

漱石に愛された弟子による回想録。漱石の人となりがわかるエピソード満載です。

RELATED books >>>

『新潮日本文学アルバム 夏目漱石』
小田切進
江藤淳
新潮社

ビジュアル資料で漱石の歩みがたどれるのが便利。見て読んで楽しめる本です。

『文豪ナビ 夏目漱石』
新潮文庫編
新潮社

文庫で読める新感覚の評伝シリーズの一冊です。名作の要約や名場面もたっぷり。

『漱石の思い出』
夏目鏡子述
松岡譲筆録
文春文庫

お見合いから死まで、漱石の最も身近にいた鏡子夫人による人間・漱石の思い出。

『漱石先生ぞな、もし』
半藤一利
文春文庫

漱石の義理の孫にあたる筆者が多彩なエピソードで漱石を語る好エッセイ集。

『決定版　夏目漱石』
江藤淳
新潮文庫

卓抜な漱石論によってデビューした著者の総決算。漱石入門としても最適です。

『夏目漱石を読む』
吉本隆明
筑摩書房

現代思想をリードしてきた巨人による作品論。明晰な論理で漱石を解体します。

漱石を深める12冊

天才をもっとよく知るために

参考・引用文献

「五感で知る漱石」「漱石を深める12冊」に加えて

『漱石全集』（岩波書店編集部／岩波書店）
『増補改訂　漱石研究年表』（荒正人／集英社）
『夏目漱石事典』（三好行雄編／學燈社）
『漱石の巨きな旅』（吉本隆明／NHK出版）
『続・漱石先生ぞな、もし』（半藤一利／文藝春秋）
『漱石先生　お久しぶりです』（半藤一利／平凡社）
『不機嫌の時代』（山崎正和／講談社学術文庫）
『漱石と三人の読者』（石原千秋／講談社現代新書）
ほか夏目漱石著作（新潮文庫、岩波文庫）

・引用文は、現代の読者に配慮し、表記を読みやすくあらためた部分があります。

齋藤 孝

1960年静岡県に生まれる。東京大学法学部卒業。同大学院教育学研究科博士課程を経て、明治大学文学部教授。専攻は教育学・身体論・コミュニケーション論。「斎藤メソッド」という私塾で独自の教育法を実践。主な著書に『身体感覚を取り戻す』（ＮＨＫブックス）、『声に出して読みたい日本語』（草思社）、『読書力』『コミュニケーション力』（岩波新書）、『質問力』『段取り力』（筑摩書房）、『天才の読み方――究極の元気術』『自己プロデュース力』『原稿用紙10枚を書く力』『人を10分ひきつける話す力』、美輪明宏との共著に『人生讃歌』（以上、大和書房）『いますぐ書けちゃう作文力』（どりむ社）など多数。

齋藤孝《さいとうたかし》の天才伝《てんさいでん》5

夏目漱石《なつめそうせき》

人生《じんせい》を愉快《ゆかい》に生《い》きるための「悩《なや》み力《りょく》」

2006年8月5日　第1刷発行

著　者　齋藤《さいとう》 孝《たかし》

発行者　南　暁

発行所　大和《だいわ》書房
東京都文京区関口1-33-4　〒112-0014

電　話　03(3203)4511

振　替　00160-9-64227

印刷所　歩プロセス

製本所　田中製本印刷

装　丁　穴田淳子（ア・モール・デザインルーム）

装　画　しりあがり寿

本文イラスト　イラ姫　市川美里（マイルストーンデザイン）

編集協力　荒井敏由紀
どりむ社

ISBN4-479-79171-X

http://www.daiwashobo.co.jp